丈夫的骨頭

夫の骨

矢樹純

王華懋 譯

丈夫的骨頭

Contents

007 丈夫的骨頭
037 不朽的花
063 柔軟的背
087 扭曲的鏡子
115 繪馬的寬恕
145 空洞的牢籠
175 老鼠之家
197 水壩深底
231 無可取代的你

丈夫的骨頭

一

這天早上，我一反常態，一早就醒了。

儘管模模糊糊，但好像夢見丈夫還在的時候。

我想起丈夫孝之低沉的嗓音、柔和的眼神，帶著起伏難安的感受爬了起來。

走出臥室，前往走廊盡頭的盥洗室。小解後，洗臉漱口。

十年前，罹患胃癌的公公最後不敵病魔過世，膝下無子的我們夫妻決定搬來這裡，和婆婆同住。丈夫找了裝修業者，在二樓設了廁所和盥洗室。丈夫挑的樹脂洗臉臺很容易髒，以前我總是勤奮刷洗，但現在老花眼愈來愈嚴重，不太在意了。

洗臉臺上方鏡中自己的臉，也因為沒戴眼鏡，一片朦朧。眼周膚色暗沉是因為皮膚鬆弛嗎？一陣子沒染了，白髮變得明顯。

陰暗的屋裡一片寂靜，悄然無聲。這幢老舊的透天厝，一樓有起居間、廚房和一間和室，二樓有一個房間和一間和室，我一個人住實在太大。

婆婆佳子在我們搬進來同住的第七年住進老人院，兩年前因肺炎離世了。享壽七十六歲。外子的生母在他上小學的那年過世，佳子是公公幾年後再娶的後母，和外子沒有血緣關係。也許是這個緣故，雖然以家人的身分同住在家，丈夫對佳子仍維持著相敬如賓的態度。

然而去年丈夫猝死了，就彷彿被佳子的魂魄牽走。

後來過了一年。

前些日子辦過對年法事，但我的腦中仍是一片迷糊，彷彿塞滿灰塵。內心深處，我無法接受丈夫的死，沉浸在模糊的悲傷中，日復一日。

但今早不同於平時。我多久沒有像這樣清爽醒來了？

我長年從事護士工作，睡眠作息顛三倒四的生活，對我來說是理所當然。小睡前服用助眠藥物也是個壞習慣吧。今年春天六十歲退休以後，我到現在依然必須借助藥物，否則夜裡難以入眠。這陣子的生活，我總是過了深夜還醒著，隔天一直睡到快中午才起來。

我用毛巾擦乾嘴周，回到臥室，打開落地窗，穿著睡衣走出陽台。

冰冷的空氣讓我全身瑟縮一下，抬頭一看，淡色的天空散布著宛如無數綿絮的雲朵。與夏季沉重的雲不同，飄浮在極高極遠之處。背對著初升的太陽，每一片雲朵閃閃發亮，就彷佛從內側光輝四射。

今天還是得做點什麼才行。

我覺得宛如收到天啓。我不該渾渾噩噩、散漫無章地混日子，必須往前進。因此我決定來整理好一段時間不曾打開的庭院儲藏室。

走到一樓廚房，用微波爐解凍白飯，配即溶味噌湯解決了早餐，整理好儀容走出庭院。綠葉深濃蓊鬱的石榴葉隨風搖曳，嘩嘩作響。今年開得更加燦爛的鄰家丹桂，在清冷的空氣中散發出甘甜的香氣。

我深呼吸，環顧庭院。枯萎的向日葵彎折著頸脖，棄置在花圃裡。底下不知道是何時種上的，青翠的石蒜花正抽出綠葉。

園藝是佳子的嗜好。她搬進老人院，庭院便改由丈夫打理。丈夫離世，花圃交到我手裡，但我不是想到什麼種什麼，就是忘了澆水害花草枯死，怎麼也弄不出個章法，庭院日漸荒廢。

空氣徹底染上了秋意，但曬在背上的陽光依舊暖洋洋的。我戴上寬沿帽，脖子上搭了條毛巾，免得曬傷。我戴上工作手套，走向庭院角落的儲藏室。

這個高約兩公尺多一些、有三張榻榻米寬的鋼板儲藏室，聽說是丈夫還小的時候蓋的。轉開密碼鎖，慢慢推開卡卡的拉門。門發出刺耳聲響被推出空隙，陽光照射進去，灰塵在光束中飛舞。

得先把門邊的東西搬出來，才能進去裡面。我將拉門推得更開，把儲藏室裡的工具逐一取出擺到院子裡。空掉的煤油桶、鏟子、已經不用的大型垃圾櫃、野餐墊、自行車打氣筒、裝廢材的紙箱……

這些東西全取出來後，總算可以碰到牆上的架子。我找到開過的園藝肥料，放到花圃旁邊。架子中層有一個透明塑膠袋包起來的大背包。是丈夫的物品。雖然遲疑了一下，但也取下來拿到外面。塑膠袋的開口用膠帶封著，就和警方送回來時一樣。

去年夏季，丈夫一個人攀登北阿爾卑斯山的常念岳，就此成了不歸人。

登山申請書上的預定下山時間都過了，丈夫仍沒有現身，因此入夜後，縣警連絡家裡，我搭乘隔天一早的首班車前往長野。警車到車站來接我，我在警察署單調的大廳被詢問丈夫的服裝和背包顏色。中午過後，找到遺體了。

警方說很可能是在山中迷途，四處亂走，失足摔落山澗。

我想要撕下膠帶，結果塑膠袋破了。我直接撕開塑膠袋取出背包，撫摸粗糙的背面。把臉湊上去一聞，有股舊衣服般的潮味。

佳子過世兩個月，丈夫開始登山了。

在這之前，他幾乎不曾從事像樣的運動，也從來沒聽過他對登山有興趣。週末時，他突然說要爬鄰縣的山，我問他怎麼突然想爬山？丈夫沉默了一下，說是公司的人建議的。

他遞給我一只背包，叫我噴上防水噴霧。那是舊背包，帶子的地方縫了名字。是公公的名字。

看到這只背包，我悟出丈夫會爬山，是爲了佳子。然後想起那天佳子高亢明亮的聲音：

「孝之一天比一天更像爸爸了。高個子，卻是溜肩，背影簡直一個樣。」

記得那是公公三年法事的時候。佳子興沖沖地從壁櫃裡挖出老舊的登山服，放在丈夫身上比對，滿足地看著。

聽到佳子是後母時，由於以前的電視劇等等帶來的成見，我一直想像會是強勢的女人，但佳子十分內斂樸素，不會自我主張。婚前丈夫第一次帶我見未來的公婆時，佳子也只上了淡妝，連眉毛都沒有修。

但與她對望時，我卻不知爲何，總是感到心神不寧。

無法明確地言說。那是一種宛如膚觸的模糊不安，我覺得佳子是與我不同、異質的人。

佳子身材嬌小清瘦，裙子底下蒼白的兩條腿，就像老人一樣筋骨分明。即使同處一室，她也幾乎不會主動開口，多半是面露淡淡的笑容，附和身邊的人。她是那種小眼睛忙碌地轉來轉去，隨時關注別人的茶水是否見底的人。

這樣的佳子，那時候卻莫名地聒噪。

「他說退休以後要爬遍全日本的山，雄心萬丈呢。病倒的時候，也說等他死了，要請山友把他的骨灰灑到山上。我求他不要，他是爲我打消了念頭啦。」

寂寞地微笑著打開給我看的老相簿上，是和山友搭肩燦笑的公公照片。公公不苟言笑，我對他的印象全是臭臉，不過像這樣展露笑容的臉，眼神確實和丈夫一樣溫柔。

「孝之要不要也挑戰一下登山？聽說最近很流行呢。這樣一來，家裡的登山用品就不會浪費了，如果知道兒子繼承了那些用品，你爸一定也會開心的。」

在一旁看著，也能一清二楚地看出佳子深愛著公公。

公公胃癌末期住院時，佳子每天都搭一小時的公車到綜合醫院看他。接回自家療養，佳子也天天推輪椅帶他出門散步，準備他愛吃的食物，盡量讓他多吃，或是仔細磨碎食物餵他進食，照顧得無微不至。我會在休假時過來幫忙，但佳子不願假手他人，不論是三餐、如廁還是沐浴，都不讓我協助。

事後聽丈夫說，佳子和公公是青梅竹馬。小時候的佳子，將大她八歲的公公當成哥哥愛慕。丈夫的生母在他六歲時急性骨髓性白血病病發，年紀輕輕，三十歲就過世。佳子擔心帶著一個年幼兒子的青梅竹馬，過來料理家務，漸漸地發展成親密關係。

但當時讀小學的丈夫應該感受複雜。

丈夫從來不叫僅相差十八歲的後母佳子「媽」。我也仿傚丈夫，稱呼她「佳子阿姨」。一起同住後，丈夫對佳子也保持一定距離，待她就像長年打理這個家的幫傭，而非家人。

然而爲什麼在佳子死後，丈夫卻像要完成她的遺願，開始登山？

汗水滑落下巴的觸感，讓我回過神來。太陽的位置比剛才更高了。

我將抱在懷裡的背包放到塑膠袋上，扶腰伸展身體。轉動脖子，看見裝廢材的紙箱。彎曲成L字的一截水管、不方正的合板、長度不一的木料、生鏽的金屬棒。這些物品，丈夫原本打算做什麼用？

婚後我才發現，丈夫是個不會丟東西的人。以前兩個人生活的公寓也是，丈夫的書和唱片、衣物從壁櫃裡滿出來，二房二廳的住處壓迫侷促。搬到這個家，健康用品、高爾夫球球具、園藝用品等等，各式各樣的物品不斷增加。這個儲藏室不知不覺被丈夫的物品塡滿了。我也提議過把不用的東西丟掉，但丈夫一臉爲難，絕對不肯放手。

但我並不生氣。

丈人惜話如金、難以捉摸。我認爲丈夫的物品，就述說了丈夫這個人。因此一直以來，我都沒辦法打開這間儲藏室。

一想到即使看到丈夫留下來的東西，我依然不瞭解丈夫，就感到害怕。

將儲藏室的門整個打開，讓光線照射，檢查層架深處從來沒有碰過的工具。木製小工具箱、一邊鞋底脫落的登山鞋、表面龜裂的皮革高爾夫球桿袋、刮痕明顯的漆黑保齡球、裝在紙袋裡的成疊舊包裝紙、自行車內胎、好像還剩下一點的水泥袋。

其間隨手擺著一個三十公分見方的小桐盒。

拿起來一看，不知道裝了什麼，傳出陶器碎片相觸般的輕脆聲響。

蓋子很緊，但用兩手手指扣住邊角，慢慢往上扳，盒蓋便發出「啾」的刺耳聲響鬆脫了。

裡面裝著像木片的白色物體。因為看不清楚，我把盒子拿出戶外。

一開始我以爲是珊瑚。

小時候到海邊戲水，撿回來做紀念嗎？不過以珊瑚來說，感覺有點輕。

搖晃盒子，零散的碎片底下，露出和護校時代在婦科課堂上看到的標本一模一樣的東西。兩個圓窟窿開在相當低的位置。下巴裡面的牙齒兩層。頭頂裂出大大的十字，呈現空隙。

那麼這東西是——

即將臨月的胎兒，或是剛出生的嬰兒骨頭。

二

忽然一陣天旋地轉，我差點當場蹲坐。我捧著盒子，茫然佇立良久。

把桐盒放回層架上，踩著虛浮的步伐離開儲藏室，走向陰涼處的水龍頭。扭開水龍頭，取下工作手套，仔細洗手。打濕毛巾，按在額頭上。

怎麼會有那種東西？

望向儲藏室，沒關上的門令人在意，但腳無法移動半點。

呼吸困難，我乾咳了幾下。口渴了。我慢吞吞地脫鞋，從簷廊進入屋內。

從來不曾覺得廚房如此遙遠。我站著將冰箱的麥茶倒進杯裡。手抖得厲害，淡褐色的水花濺到廚房地墊。嘴巴貼上杯緣，一股焦香竄過鼻腔。

我吁一口氣，抓住椅背慢吞吞坐下。目不轉睛地盯著桌上的空杯，彷彿答案顯現在上頭。

我和丈夫一起生活了二十五年，依然不瞭解他。

但對丈夫的不瞭解，並未讓我不安。儘管不瞭解，我還是能夠相信丈夫。

丈夫知道我沒辦法生孩子，仍決定和我結婚。

護士工作相當忙碌，三十歲的時候，我的下腹部腫脹，不舒服起來。去看醫生的時候，為時已晚，我得了卵巢囊腫，必須摘除兩邊的卵巢。因為完全不會痛，我一直把下腹部腫脹當成肥胖。當時的護士長罵我怎麼對自己的身體這麼漫不經心。

後來過了幾年，我在護士長家舉辦的新年會上認識了丈夫。

想想單身男女只有丈夫和我，邀請我們兩個人，或許一開始就是為了把我們湊成對。護士長介紹他是丈夫的學弟，和我同年。他個子極高，必須仰望，是個很安靜的人。五官俊秀，一雙圓眼睛卻十分柔和，顯得格格不入，雖然人在那裡，卻無法感覺到他的存在，這種透明的氛圍吸引了我。

不知為何，丈夫也中意唯一長處就只有老實的我，我們開始交往。

經過半年交往，發展成更進一步的關係前，我坦承了自己無法生育的事實。

丈夫靜靜地聽完我的話，說：如果妳願意，我希望以結婚爲前提繼續交往。

隔年我們就結婚了。丈夫沒有把我無法生育的事告訴父母。

丈夫說沒必要特地告訴他們。如果他們有意見，就說無法生育的原因在他就行。但我堅持既然要結婚，就不能隱瞞這件事。

結果丈夫第一次告訴我，他的母親佳子其實是後母。

工作狂公公每天早出晚歸，時常出差不在家。聽說丈夫高三，公公一個人調派海外，整整兩年都沒有回日本。休假時，公公投入登山的嗜好，丈夫說他在整個成長過程中，與父親幾乎沒有對話。就連失去唯一心靈支柱的生母時，父親也是把兒子丟給住在附近的親戚照顧，埋首工作，不到一年，據稱是青梅竹馬的佳子就開始進出家中。

丈夫說，因爲上大學而搬出去一個人住時，他覺得總算可以離開這個家了，宛如解下沉重的枷鎖，暢快無比。對丈夫來說，父親和後母比起家人，更像疏遠的陌生人，因此丈夫說他不希望爲了他們，讓自己夫妻的情緒受到打擾。丈夫述說的聲音一如平常，十分平靜，但低垂的目光卻帶著感傷的陰鬱色彩。

自從得知丈夫心境，我與公婆便不再連絡。只有拜年等最基本的往來，以及公公病倒時幫忙照顧，因此公公死後，丈夫說想搬回老家和佳子同住，我感到有些意外。

丈夫主張，我們夫妻住在那個家，是理所當然的權利。

爲了治療癌症，公公的儲蓄見底，資產只剩下房屋和土地。佳子付不出應付的遺產稅，只能由我們夫妻從原本預定自己蓋房子的存款拿出錢來支付。丈夫認爲既然如此，與其繼續在外租公寓付房租，老家房間很多，搬回老家住才合理。

但我覺得這只是表面上的藉口。

「眞的只剩我一個人了。」

當時公公的尾七法事結束，正在收拾善後。佳子洗完碗盤，虛弱地坐在廚房椅子上，以有些認命的語氣喃喃道。

公公的葬禮和守靈，佳子那裡沒有任何親人參加。她說她父母早逝，沒有手足，也沒有來往的親戚。或許因爲這樣孤獨的身世，佳子才會被唯一親近的青梅竹馬公公所吸引。

那個時候，人在起居間的丈夫喪服脫了一半，直盯著佳子嬌小的背影看。丈夫是同情一個人留在這個家的佳子吧。

公公過世，丈夫就以討論法事、整理遺物等等爲由，經常回老家。即使沒有說出口，也看得出丈夫很關心佳子。

應該是因爲父親過世，丈夫修補了與過去形同陌路的佳子之間的關係。

我如此看待丈夫的變化。

但是……

空杯在廚房窗戶射進來的陽光照耀下，在桌面投射出複雜光條。我連站起來的力氣也沒有，全身癱靠在椅背上。

桐盒裡的嬰兒骨頭。

一團灼熱的事物從胸口湧上咽喉。然而卡在某處，流不出淚，哭不出聲。我又淺又急地喘著氣，胸口好像要破裂。

盤踞在腦海的不是疑問，而是答案。

啊，原來是這麼一回事。

把那些小骨頭收進桐盒裡，藏到儲藏室的……

一定就是丈夫。

三

「你們願意搬過來一起住，我真的好高興。他過世後，一個人待在這個家，實在讓我難受到不行……謝謝你，孝之。」

退掉原本租的公寓，丈夫和我搬到這個家的那日。

佳子端出親手做的散壽司招待我們，百感交集地說，並向丈夫行禮道謝。

這時，我第一次在佳子注視丈夫的眼中，看到了黏膩的熱度。

應該是注意到我訝異的眼神，佳子掩飾地轉向我，微笑說：以後請多指教。

佳子把原本的主臥室讓給我們，堅持搬到隔壁房間。那是丈夫以前的兒童房。我說這樣太過意不去，提議佳子搬到一樓的大和室，被她委婉地拒絕。

「和室有佛壇，我睡在那裡太不敬了。對吧，孝之？」

那是黏膩撒嬌的語氣。丈夫的表情一片木然。他靜靜說：我尊重佳子阿姨的做法。

從住進同一個屋簷下的那天開始，我從以前就對佳子感覺到的異樣感——非我族類的感覺，變得愈來愈強烈。這一方面也是起因於佳子自身的變化。

加入我和丈夫，三個人一起生活後，佳子的眼神變得神采奕奕。她比我這個媳婦更關心這個屋裡的大小事，賣力照顧丈夫。與原本內斂文靜的印象不同，她活潑勤快地處理家務。

佳子包辦每天的早晚餐。我會走進廚房，就只有休假的日子，以及幫忙洗碗而已；上班的日子，佳子甚至會幫我準備便當。衣物我實在不好意思讓她洗，都趁晚上自己洗，但清掃工作她做到近乎不必要的完美。走廊纖塵不染，洗臉台和浴室的鏡子一片亮晶晶。

不擅長家務的我向佳子請教，她便爽快指導我竅門。因此我學會燉菜和拌菜等丈夫喜歡的菜色，原本笨拙的燙衣技術也進步了。

然而不知爲何，佳子絕對不肯讓我碰庭院。

「我希望庭院讓我隨心所欲安排。園藝是我唯一的興趣。」

事實上，庭院在佳子的打點之下，景觀美不勝收。一問才知道，院子裡的樹木幾乎都是佳子種下的。

佳子特別鍾愛庭院東側原本就有的石榴樹，不是請園丁來整理，而是親自鋸掉多餘的枝幹、燒除毛蟲，悉心照料。石榴樹每年秋天都結實累累，分送給鄰居都還有剩。

我覺得石榴只有酸味，不怎麼好吃，而且塞滿小果實的模樣很可怕，幾乎不曾嚐過。但佳子喜歡細心挖出小果實，盛在玻璃器皿中，連籽一同食用。

丈夫似乎也喜歡石榴。他和佳子兩人面對面，將那些紅色顆粒送入口中的景象，不知何故，讓我極爲不安。

丈夫在那棵石榴樹下挖洞。

是前年夏天，爲佳子守靈的那晚。

佳子沒有親人，守靈在自家舉辦，只有附近鄰居來參加，相當冷清。

收拾完招待客人的飲料和零食，把說要看守線香的丈夫留在佛堂，疲倦萬分的我上床睡了。然而我輾轉難眠，茫茫然地想起種種，這時忽然聽到庭院傳來聲響。

下樓一看，沒見到丈夫的人影。我躡手躡腳地走出簷廊，發現落地窗開著。摻雜在濕熱的空氣裡，傳來泥土的氣味。

這天晚上沒有月亮。

黑暗中，丈夫的背影朦朧地浮現在夜色裡。漆黑的小葉子在其上重疊擺動著。

丈夫只脫了喪服的外套，揮舞著鐵鍬，默默挖掘著石榴樹的根部。

「──你在做什麼？」

我壓抑變得沙啞的嗓音，好不容易問出口。

丈夫緩慢回頭，一臉蒼白地盯著我。眼神游移，像在求救，雖然痛苦地喘著氣，丈夫卻什麼都不肯透露。

他假惺惺地說要挖洞埋垃圾，再次轉身背對我。

爲什麼那個時候我沒有下庭院查看？

回想起來，就在那瞬間，我第一次放開了丈夫的手。

陰暗的廚房裡，一陣寒意上來，我全身哆嗦了一下。是流汗著涼了嗎？

早上還那樣晴朗，充滿秋意，不知不覺天卻開始轉陰。

我凝目細看流理臺上的小窗。霧面玻璃外已經看不到剛才的明亮，覆蓋窗戶的格子描繪出陰鬱的黑影。好像要下雨了。

我後悔著早知道就看一下天氣預報，站了起來。我不希望整理到一半的東西被雨打濕，拖著沉重的身體，再次走出庭院。

抬頭一看，天空被濃重的烏雲覆蓋，隨時都可能下起雨。我想先收拾不能被淋濕的物品，拎起和塑膠袋放在一起的背包，匆匆走向儲藏室。

懷裡抱著丈夫的遺物，我反省自己。

我不瞭解丈夫，因爲我從來不肯瞭解。

因爲我害怕瞭解。

桐盒裡的東西，就只有骨頭而已。

那盒子的大小，再怎麼樣也裝不下一整個嬰兒。

也就是說，桐盒裡的骨頭，是變成骨頭以後才放進裡面的。

在石榴樹下化爲白骨，再挖掘出來。

把它挖出來的一定是丈夫。

但丈夫有什麼必要這麼做？

更重要的是，嬰兒的屍體從哪裡冒出來？

——嬰兒的屍體。

想到這裡，全身的血液彷彿流光了。

見不得人似地放在這個家的儲藏室裡的嬰兒骨頭。

那八成是這個家的某人生下來的——或是讓人懷孕產下的孩子。

孩子爲何過世了，原因不明。也許是死產，或是出生後沒多久就夭折了。
但沒有祭弔，就將遺體埋藏起來，這絕對不尋常。
怎麼會出現這種狀況？
家族裡有人做出這種事嗎？
丈夫。公公。佳子。
我逐一想起每一個人的臉，一陣喘不過氣，按住了胸口。
只有這個可能了。生下那個嬰兒的——
——是佳子。

四

搬進這個家和佳子同住，過六年的時候，佳子摔下樓梯跌斷了腿，生活無法自理。
就連這種時候，佳子都拒絕搬到一樓的佛堂睡覺。幸好二樓也有廁所，但洗澡用餐的時候，上下樓梯都必須有人攙扶。
丈夫也會協助她用餐等等，但洗澡沒辦法要他幫忙，加上我是護士，更熟悉這些工作，所以都是我來照顧。由於年齡，佳子的骨折痊癒得很慢，我請了快一個月的假。

我任職的醫院，需要照顧的病患是每星期洗三次澡，但佳子很愛乾淨，想要每天洗。只有腳不方便，因此我租了洗澡椅，讓她自己洗身體，進出浴缸時我再幫忙。

第一次協助佳子泡澡時，我抱起她細瘦的身體，湧出某個疑問。儘管覺得遲疑，但我實在耿耿於懷，當晚問了丈夫：

「佳子阿姨生過小孩嗎？」

那時候的丈夫是什麼表情？

他只是把目光從手裡的書本微微轉向我，挑起眉毛，就像在問：「為什麼問這種問題？」

我沒聽說過。我爸應該是她第一個結婚對象。

丈夫只應了這些，目光便回到書頁。

協助入浴時，我看到佳子在浴缸熱水中搖晃的下腹部。那裡的皮膚浮現淡淡的白線。

那是妊娠線。

生過孩子的同事，在更衣室一起換衣服時埋怨，肚子變大的時候，皮膚伸展，表面組織破裂，產後那些痕跡依然不會消失。那個時候看到的相同痕跡，佳子的下腹部也有。佳子懷孕過。

我猶豫是不是該找機會問佳子這件事？但就在猶豫當中，這個念頭永遠無法實現。

那次骨折後，才七十五左右的佳子體能一下子衰弱了。

雖然恢復到能夠行走的程度，佳子卻不肯離開房間。只有用餐會下樓，但吃完飯後總是神情呆滯地看電視，不發一語。當然，她也無法處理家務，家事由我和丈夫輪流打理。

就在我和丈夫討論是不是應該帶給醫生看看時，佳子就鬧出了小火災。

聽說是爐子上放著味噌湯鍋在煮，人就跑去洗澡了。幸好附近鄰居立刻發現，只燒焦了廚房牆壁，但實在無法再坐視不管。

在大學醫院接受檢查，佳子被診斷爲阿茲海默症。

考慮到將來，我和丈夫都不可能爲了照顧佳子而辭掉工作。我們沒有孩子，往後能依靠的只有自己的年金。討論後，我們決定把佳子送進離自家約十五分鐘車程的安養院。

後來我和丈夫每週都探望佳子兩次。

明明是一家人，卻放任佳子病情嚴重到這種地步都沒發現，這也讓我感到自責。每次探望，我都會準備佳子愛吃的食物等等，盡量帶給她一些刺激。

丈夫有時會在下班路上到安養院探望。醫生說盡量和她多說話比較好，所以他才會這麼做吧。

丈夫告訴我，問起佳子以前的事，佳子雖然記憶有些模糊，但都能侃侃而談。

雖然表情和平時一樣平靜，但說到這些時，丈夫的聲音特別明亮，我知道丈夫身爲佳子的家人，希望她好起來。

佳子住進安養院第二年，院方通知家裡她在進食的時候嗆到氣管送醫。我趕到急救醫院，但抵達時，佳子已經陷入昏迷。

先到的丈夫一臉蒼白，兩眼圓睜，目不轉睛地看著佳子。他雙唇緊抿，佇立原地，彷彿正承受著什麼。

平時照顧佳子的年輕女看護在病房角落低著頭，好像是從安養院陪著佳子過來的。也許是十分自責，她表情僵硬，顫抖的雙手在胸前交握，就像在祈禱。

佳子染上肺炎，三天後過世。

婆婆的守靈夜，丈夫爲什麼要挖掘石榴樹下？我一直無法開口質問理由。

佳子死後，丈夫變極端寡默。吃完晚飯，他總是心不在焉地臉對電視，眼神遙望，像在沉思。

我覺得這樣下去不行，但丈夫就像被一層厚膜包裹著，拒絕我的刺探。我覺得丈夫在那層膜當中，逐漸化成丈夫以外的存在。

佳子尾七結束時，丈夫在庭院拆掉佳子房間的書架。

簷廊並排著好幾絡用繩索綁起來的書山。佳子生前穿的顏色樸素的衣物隨便塞在垃圾袋裡。我問丈夫在做什麼，他沒有看我，手不停歇地說：

「以後我們分房睡吧，我要睡佳子阿姨的房間。每次妳值夜班回來休息，我的鬧鐘都把妳吵醒，實在過意不去。」

語氣沉靜，卻堅硬得不容我拒絕。

我只能同意丈夫的安排嗎？

總覺得這是不可挽回的一步。

但也覺得狀況其實早就不可挽回，我還是照著丈夫希望的做了。沒多久，丈夫突然說要登山，我儘管躊躇，卻沒有反對。後來我們就像過去一樣，兩人一起用晚飯，應付似地說著今天發生的事、交換著沒有意義的話語。用完飯，丈夫洗澡，上去二樓。

每天晚上，我都感受著房間薄牆另一頭丈夫的聲息入睡。

丈夫在佳子的房間裡，一個人想著什麼？

這樣的日子持續一年，然後丈夫出門登山，就此成了不歸人。

五

接到丈夫遇難的消息，進入房間取找到他時需要的衣物等等時，我陷入愕然。

什麼時候變成這樣了？

丈夫的房間空無一物。

只有鋪蓋和平時穿的少量衣物。應該是刻意清空。一本書、一封信都沒有留下。

我確信丈夫主動尋死。

連遺書也沒有、連隻字片語也沒有，就把我丟下了。
比起憤怒，空虛覆蓋了我的心。我依然不瞭解丈夫。
觸摸整晚浸泡在山澗裡，變得冰冷的丈夫身體，我一樣不瞭解他。即使見到他燒成純白的骨片，還是一樣不瞭解。
這樣的丈夫留在儲藏室裡的物品。
那個又小又輕的盒子，是瞭解丈夫的唯一關鍵。

不知不覺間，我抱著丈夫的背包，在儲藏室門口不知道站了多久。
雲層斑駁地覆蓋著天空，濃淡夾雜的灰色天空間飄下霧般的細雨，打濕襯衫背部。我重重嘆氣，把背包放到儲藏室屋簷下。
我任由搬出庭院的物品被雨打濕，走進儲藏室深處。
在積滿灰塵的地板上，打開近旁的包裝紙。戴上工作手套，取出桐盒裡的東西，逐一排列。
佳子產下的嬰兒。
什麼時候、是怎麼死的，已經無從知曉。
但佳子把嬰兒的遺體埋在石榴樹下。然後佳子死後，丈夫將屍骨挖掘出來，存放進桐盒裡。
這個事實意味著什麼？

如果是佳子和公公生下的孩子，當然會當成夫妻的孩子養育。

即使是死產或生下來不久便夭折，也不可能把遺體草草埋在庭院就算了。理應要辦葬禮。

那麼，這個嬰兒就是佳子和公公以外男人的孩子。

就算公公經常不在家，要在這個家裡不爲人知地懷孕生子，也是不可能的事。

尋思至此，我又想到一件事。公公在丈夫高三時，一個人外派海外，長達兩年一次都沒有回國。

如果能盡量不外出，避開街坊的耳目，或許有辦法不爲人知地懷孕產子。丈夫高中畢業，一個人搬出去讀大學，接下來佳子就獨自在這個家生活。那麼——

不管怎麼樣，問題是挖出佳子掩埋的嬰兒屍骨的，是丈夫。

唯一想到的「可能性」，讓我拚命忍住嘔吐感。

佳子病危的時候，丈夫比我先趕到醫院。

丈夫會不會是在佳子還有意識時，從她口中得知石榴樹下埋了東西？然後，佳子只向丈夫一個人吐露事實的理由，恐怕是因爲——

公公不在家的期間，佳子和當時讀高中的丈夫亂倫了。

佳子沒辦法墮掉和繼子懷上的孩子，就這樣生下來。她不知道該如何處置嬰兒，將他埋在石榴樹下。

我看著小巧的屍骨，想著丈夫。

從佳子口中得知駭人的祕密，丈夫把它挖出來，藏在桐盒裡。

但丈夫爲什麼沒有在死前好好地將它處理掉？

什麼都不留地走了，卻把這東西硬塞給我嗎？

——或許是直到最後，丈夫都無法想出答案。

每天晚上，丈夫都一個人在隔壁房間面對著這份苦難。

輾轉難眠的我，早已發現丈夫同樣無法成眠。

薄薄牆壁另一頭，多次傳來翻身的動靜。

然而我什麼都沒有問。

白褐色的骨頭，就像在幽幽燃燒著。我懷著眼圈子熱起來的憤怒，凝視著那堆骨頭。我無法原諒害怕伸出手、棄丈夫不顧的自己。

——我就這樣注視著白色的碎片，忽然注意到一件事。

就算這骨頭是嬰兒的，是不是也不到一人份？

仔細查看，有頭蓋骨，但沒有骨盤。大腿骨只有一邊。

我用戴上工作手套的指頭細心分類。

疑似肋骨的骨頭只剩一些。脊椎也是，算了一算，只有四塊。

怎麼回事？埋屍地點是自家庭院，不可能被野生動物挖出來。又不是深山曠野——

深山。想到這裡，我頓悟了。

丈夫開始登山，是佳子過世以後的事。

登山是公公的嗜好。

而公公原本希望自己死後……

我站了起來，走出儲藏室外面，打開丈夫的背包。

底部有個透明夾鍊袋。看似空袋的袋子裡，殘留著一些白色碎片。

丈夫是否將這些嬰兒的骨頭一點一點帶上山，依照公公希望地灑在山裡？

刻意選擇這樣的做法，或許是希望彌補他對父親的背叛。

我再次回到儲藏室深處，俯視著包裝紙上的白色碎片。

嬰兒的屍骨還剩下這些。

憑弔尚未結束。

丈夫不是上山尋死。他是不幸遇難喪生的。

我並不是被拋下來。

熱淚沿著臉頰流下，滴落在乾燥的骨頭上。

我確實感受到丈夫一直以來懷抱在內心的情感了。我這麼感覺。

我將白色的小碎骨依照原樣仔細收回桐盒裡。

不能把丈夫的親骨肉丟在這種地方。我將桐盒抱在懷裡，把它送到恰當的地點。

我在昏暗的佛堂裡，仰望四幀遺照。

丈夫的生母、公公、佳子，還有丈夫。

這裡還有一個應該祭弔的靈魂。這是只有被留下來的我才能做到的事。

我覺得自己的推測一定是對的。

但我想起還有一個人，唯一可以確定這個事實的對象。這個時間，她應該還在職場。

我走到隔壁的起居間，打電話叫計程車。計程車很快就到了，我將佳子生前住的安養院地址告訴司機。

六

「好久不見。後來一切都好嗎？」

兩年前，佳子因爲嗆到而送醫時，病房裡面除了丈夫，還有另一個人。

那天從安養院陪著佳子去醫院的年輕女看護，見到我突然拜訪，似乎有些驚訝，手足無措地寒暄。她在去年接到丈夫的訃聞，也來參加葬禮了。

我說對年法事已經結束，從大廳前往親屬會客室，提出想問的問題：

「我婆婆昏迷以前，有沒有對外子說什麼？什麼都好，請告訴我！」

聽到我的問題，看護看似困惑，並難以啓齒。但我非打破沙鍋問到底不可。

我裝出笑容，盡量以輕鬆的語氣解釋道：

「當然，婆婆說的話，應該是失智造成的妄想。但婆婆的話似乎讓外子相當苦惱……對年法事結束了，我也想整理心情。就這樣一直不瞭解外子的內心，也讓人很有疙瘩對吧？他們兩個都已經過世，沒有人會爲此困擾。不管再怎麼荒唐，我都不會當眞，請告訴我吧！」

看護拗不過我，首先聲明「當然，那一定是妄想的症狀」，開口道：

「佳子阿嬤告訴她兒子，庭院的石榴樹下埋著嬰兒的屍體，希望他挖出來祭拜。」

「咦，她居然說這麼奇怪的事？」

我裝出初次耳聞，目瞪口呆。看護應該是解讀成我並未當眞，鬆了一口氣，繼續說下去：

「佳子阿嬤不是暗戀身爲青梅竹馬的丈夫很久嗎？她說對方和其他女人結婚以後，兩人也一直維持著不倫關係。這一定是她的妄想，希望是這樣就好了。」

聽到意想不到的內容，我蹙起眉頭。看護可能沒注意到我的反應，繼續以明亮的語氣轉述佳子的「告白」。

「所以丈夫和大老婆懷了小孩時，當時不倫關係的佳子阿嬤也懷了丈夫的小孩。丈夫叫她墮掉，但她無論如何都無法接受只有自己不能生，決定生下來。可是佳子阿嬤沒有父母可以依靠，經濟上也養不起孩子，所以……」

「所以？」我壓低聲音，免得被聽出動搖，催促下文。

「她說生下自己的孩子以後，因爲知道大老婆住院的產院在哪裡，就溜進去把嬰兒掉包了。然後她用布蒙住大老婆的嬰兒，把他悶死了。但她覺得最起碼也該讓孩子和父母在一起，所以埋在丈夫家庭院的石榴樹下。就算是妄想，這情節也太可怕了呢。」

看護沒什麼地說完後，聳了聳肩。

我按住顫抖的膝蓋，感謝她上班撥冗見我，站了起來。看護以天眞無邪的笑容送我到門口。

回程的計程車裡，我想起了佳子。

看到丈夫的時候，那紅了眼眶的眼睛。呼喚丈夫時，那甜膩的嗓音。

能夠在那個家，和親骨肉兒子一起生活，佳子感到無比幸福嗎？

抵達家門，天色已經全黑。

我和丈夫、佳子三個人曾經一同生活的家，在夜色中宛如黑影般盤踞。

在如今已沒有半個人的家裡，我癱坐在漆黑的佛堂裡，彷彿也化成了黑影。

我將桐盒放在膝上，輕輕搖晃。

被命名爲孝之的孩子、小巧骨片發出沙沙聲響。

我的丈夫，到底原本叫什麼名字？

不朽的花

一

「這丟在玄關。至少保持家裡整潔，行嗎？」

我躺在沙發，接過姊姊涼子遞來的藥局紙袋。

「妳怎麼會吃貧血藥？敦子，妳以前沒有貧血吧？」

好像是白天採買回來，放下東西時，丟在那裡忘記了。姊姊擅自打開來看讓我不太高興，但我沒有生氣。同一個袋子裡別的藥物沒被注意到，我鬆了一口氣。

「最近很容易累，想說吃吃看能不能改善。」

「沒用的啦，妳那是懶病。再說妳又沒工作，哪來的錢這樣亂花？」

姊姊伸出粉紅色指甲油閃閃發亮的指頭，尖銳的嗓音刺向我。姊姊剛下班，連套裝都還沒有脫下。打著細褶的裙襬處壓出皺褶，看得出她今天在電車搶到座位了。所以才會比平常更有精神吧。

在信用金庫做融資業務，壓力很大，她似乎透過像這樣對妹妹酸言酸語，發洩自己的鬱悶。

「妳今天做了什麼？」

明知故問。二月底我辭掉餐廳外場的打工，過了一個月又幾天，但除了到附近買東西，我幾乎沒有外出。

「跟平常一樣啊。晚飯的咖哩還有剩。」

我連開口都嫌累，但知道如果不立刻應話，姊姊就會不高興。姊姊想說什麼，但作罷，把目光從我身上別開，轉過身。

「我先洗澡，咖哩幫我熱一下。」

姊姊粗魯地打開客廳的玻璃門，出去走廊。聽到脫衣間的拉門關上，我慢吞吞地爬起來。因爲一直躺著，脖子和肩膀僵硬到不行。突然起身可能會眩暈，所以我扶著沙發背，淺淺地呼吸幾下。姊姊滿不在乎地把洗衣、打掃和煮飯等家事塞給我做，她理解這些勞動對我是多大的負擔嗎？

拖著沉重的身體走到廚房，拿出冰箱裡裝咖哩的鍋子，放到爐火上。以前住在故鄉長野時，除非是夏天，否則鍋子都在餐桌上擺一整天，但來到東京和姊姊同住，姊姊警告過許多次，後來食物我都一定會放進冰箱了。

我用木杓戳破咖哩表面白色凝固的油脂攪拌。冰透的咖哩就像粘土般沉重，必須使勁才攪得動。等到咖哩溫熱，質地變得滑順，轉成小火，把沙拉、湯匙、水杯和礦泉水擺到餐桌上。一直站著很難受，我將餐椅搬到廚房，攪拌鍋子等姊姊洗好澡。裡頭傳來吹風機的聲音，她應該很快就會過來。

「怎麼只有妳自己的？」

姊姊看到餐桌上只準備一人份的餐盤，拔過頭而變淡的眉毛揚了起來。

「不是啦，我肚子餓先吃了。這是姊的。」

「什麼事都沒做也會餓喔？而且我八點前就會回來了，等我一下是會死嗎？」

「對不起，下次我會等姊回來再吃。」

姊一副還想發牢騷的樣子，但我把盛好的咖哩端到桌上，她便默默坐下來，拿起湯匙，伸出另一手拿遙控器，打開電視。姊姊喜歡的電視劇時間到了。

我坐在留在廚房的餐椅，靜待體力恢復。說我先吃是假的，我完全沒有食欲。我閉上眼睛，聽著電視劇的對話。姊姊看完電視劇，一定都要落落長地抒發感想。要是文不對題隨口附和，又會惹她不高興。

「……週末我要去找智弘，衣服給妳洗喔。」

聲音突然從頭頂傳來，我嚇了一跳。雖然只有一下子，但我好像睡著了。趁著廣告時間把吃完的碗盤端過來，姊姊俯視著我。

「嗯，好。我沒有要出去，會把衣服洗一洗。」

「妳一整天都待在家裡睡覺耶。妳還不到三十吧？比我還小四歲，怎麼不多出去玩玩？賞花也是，人家好意邀妳，妳也沒來。」

我溫順地回話，卻又招來一頓訓。因爲不知道姊姊的地雷在哪裡，無從應付。辯解只會火上加油，所以我垂著頭靜待風暴過去。

「衣服也是，整天穿著邋遢的運動服。妳會老得很快的。智弘也說，我看起來比妹妹還年輕。」

自戀的姊姊似乎把最近剛交的男友假惺惺的討好當眞了。眞想告訴她智弘在她不在場時是怎麼說她的。

「就是說啊，我跟姊姊不一樣，不起眼，而且不會化妝。」

我無力嘆氣，表示同意，同時小心避免被妝一年比一年更濃、好遮住黑眼圈的姊姊解讀爲挖苦。姊姊很得意，說著「妳長得也不差，努力一點還有救啦」，開開心心回到電視機前。

洗完碗盤，奉陪姊姊的電視劇心得，十點過後終於獲釋回到自己的房間。

我坐在床沿，用瓶裝水將藥局開的藥片沖進喉嚨。想到姊姊那句「反正不可能有用」，胸中一片苦澀。不管我做任何事，姊姊都要否定，非要照她那一套做不可。

八年前，母親才五十五歲就蜘蛛膜下腔出血倒下，姊姊已經來到東京工作了。在我小學時候離婚的父親，早在別處組了新家庭。

「敦子，妳大學別念了吧。反正不是什麼好學校。妳也知道現在不是念大學的時候吧？」

姊姊天經地義地命令我。我大學只讀了兩年，便輟學在家照護因意識障礙而無法起身的母親。我很愛母親，感謝她儘管家中經濟拮据，仍供我讀到大學，所以對於這樣做並沒有怨言。

但一開始光是餵食和排泄，就讓我焦頭爛額。我無法徹底接受母親再也不是原本的母親，深陷痛苦和無力感。

但在照護經理的建議下，我開始寫照護日記後，日記成了我面對困境的支柱。

雖然只紀錄了飲食和當天復健內容，和短短幾行簡單的備忘，但不帶入感情，平淡書寫，讓我能夠客觀審視自我，情緒日漸平靜。或許是拜此之賜，雖然是一點一滴的，但我能注意到母親的表情變化。

無法順利吞嚥照護食的果凍，吐出來的時候，她會噘起嘴唇表示不耐煩；每星期一次可以進浴缸泡熱水的日子，她會露出有點在笑的愉快表情。

租來的老家庭院唯一一棵櫻花樹盛開時，母親就像個孩子，張大嘴巴，整天毫不厭倦地看著。

微不足道而平凡的每日紀錄，持續了六年六個月，然後打住。

母親得了大腸癌。

某天幫她更換尿布時，發現糞便裡摻了血，我立刻告訴前來看診的醫師。醫師建議立刻接受檢查，但就診的時候，已經演變成重症。浸潤程度嚴重，在第二次的檢查中，發現已經轉移到淋巴和肺部。母親在接受照護生活的第七年春天過世。享年六十二歲。

只有高中學歷，沒有工作經歷的我，找不到足以獨力負擔房租的工作。我照著姊姊的要求，退掉租來的老家，搬到姊姊在東京的公寓。家具的清運費用和搬家費，都是姊姊出的。

但即使來到東京，沒有任何資歷、又不年輕的女人，根本找不到正職。原本好不容易找到餐廳的打工，可以給姊姊一點生活費，然而好景不常……

我從枕邊的書架抽出水藍色的記事本，翻開最後一頁。

不再寫照護日記，我仍維持著寫簡單日記的習慣。但日期停留在四個月前，就這樣斷了。

「我在婦科檢查時，一個人被叫去別的房間。聽到檢查結果，眼前一片黑暗。為什麼我會遇到這種事？」

我盯著空白的紙頁，深深嘆息。

我實在沒辦法繼續寫下去。

二

週末，來接姊姊的智弘把車停在公寓前，一臉凝重。他坐在深藍色的轎車駕駛座，眉頭深鎖，瞪著手上的手機螢幕。姊姊自豪告訴我，那輛左駕的高級車，是義大利進口的瑪莎拉蒂。

智弘注意到我走近，立刻降下車窗。

「涼子還沒好嗎？」

他問著，戲謔做出拍臉頰的動作。姊姊化妝總是要耗上老半天。

「對。她說打電話給你打不通，叫我下來跟你說。很會差遣人對吧？」

「這棟公寓剛好擋住訊號了。我也得打電話回店裡才行呢，眞傷腦筋。」

「我幫你顧車，你去打電話吧。到那邊的十字路口應該就有訊號了。」

「太好了。客戶連絡說進貨來不及，我得趕快跟現場人員討論。」

智弘一手做出膜拜的動作，瞇起細長的眼睛微笑。他打開車門下車來，我卻沒能及時避開，與他高大的身軀面對面。智弘的氣味飄了過來，是柑橘類和森林泥土混合般的氣味。

抬頭望去，四目相接。他有些尷尬地笑，留下一句「抱歉」，快步走向十字路口。

智弘是我打工到二月時的餐廳老闆。

他原本從事不動產開發，三十六歲時自行創業，在東京都二十三區內開了四家各有不同主題的餐廳和酒吧。他說他活用上一份工作的經驗，徹底調查地點和客群，每一家店都高朋滿座，大獲成功。打工研習時，經理告訴我老闆的經歷。我是中目黑第五家餐廳新開幕時招募的工作人員。

當時我完全無法想像，餐廳的老闆和外場打工人員的我，會發展成這種關係。

智弘講完電話，朝這裡揮手回來。我也輕輕向他揮手，不經意望向車窗，發現降下一半的車窗縫，夾著一片淡粉紅色的花瓣。是上個月和姊姊去奧多摩賞花時留下的嗎？我用指頭捏起小巧渾圓的花瓣，感到一團沉重的事物湧出，推擠著胃部。姊姊是懷著什麼心思，邀我一起去的？

「太好了，廚房那裡說可以設法應付。」

我回頭擠出笑容：

「還是一樣忙呢。我聽姊姊說，你要在自由之丘也開一家新店是嗎？」

不知爲何，智弘的表情沉了下來。他沒有回答我，嘴唇微張，直盯著我看。肌肉結實而顯得拘束的西裝胸口緩緩地上下起伏。每次起伏，色澤沉穩的紅色領帶上，領帶夾的鑽石便隨之晶燦閃爍。

很快地，智弘下定決心似上前一步，附耳開口。

他以細語般的聲音，但一清二楚地說出令人意想不到的話。

——眞的嗎？

我正欲反問，公寓大門傳來刺耳的尖厲聲音：

「喂，洗衣機早就停了！」

姊姊不悅地交抱著手臂，叉開腿站在自動門前。白色寬襬裙底下露出的泛黑膝蓋看了可憐。喜歡年輕打扮的姊姊，總愛穿不適合年齡的短裙。粉紅色的短袖線衫領口開得很大。

「只是叫妳傳話說會晚一點，是要聊到什麼時候？」

「不是的，我去打電話，請她幫我顧一下車子而已。對吧，敦子？」

智弘勉強擠出明亮的聲音辯解，但眼神游移。

「不快點晾起來，衣服會皺掉。最起碼交代妳的事，給我做好行嗎？」

姊姊把高跟鞋踩得震天價響，走下連接大門的階梯，假惺惺地嘆氣。

「對不起，我回去馬上晾。那，你們慢走。」

我低頭避免和智弘對望，折回公寓。正要踩上階梯時，姊姊從後方出聲：

「敦子，妳沒帶家裡的鑰匙吧？」

我回過頭，同時掛在硬皮革上的鑰匙飛了過來，重重砸在下腹部。一陣劇痛讓我屏住呼吸，當場蹲下。「妳沒事吧！」智弘叫道，但我連抬頭都沒辦法。

「沒事啦，她就愛小題大作。明明是自己沒接好，搞得好像是我故意丟她。喂，快點撿起來啦！」

姊姊冰冷的聲音從天而降。我調整呼吸，慢吞吞地伸手，抓起掉在柏油路上的鑰匙夾。

「別管她了，智弘，今天是重要的大日子，得快點出發才行。」

口吻有些裝模作樣，就像故意在說給我聽。我抬頭望去，姊姊嘴唇扭曲，俯視著我。

「我們不是要領結婚登記書嗎？不快點領，會趕不上午餐的。」

姊姊皮肉鬆垮的上臂繞住智弘的手臂。我一陣欲嘔，忍不住摀住嘴巴。

「那我們走了，敦子。」

我默默點頭。聽到車門關上的聲音，總算站起來。我聽著背後傳來的低沉引擎聲，走上大門階梯。指頭顫抖得太厲害，一直按不準電梯按鈕。

鎖上玄關門，衝進自己的房間，拉上窗簾，扯下身上的連帽衣拉鍊。被鑰匙夾砸中的位置出現清晰的紅色，用手一摸，熱熱的。

我無法判斷是不是應該立刻去醫院。下腹部雖然緊繃堅硬，但也覺得疼痛像在漸漸消退。

去年秋天，我收到區公所的婦科檢查通知書。

通知書附上子宮頸抹片檢查的免費券，可以同時進行乳癌等檢查。因爲母親是罹癌過世，加上自從學生時期的健康檢查，我從來沒有接受過任何健檢，一直很擔心，因此覺得這是個好機會，決定檢查。

因爲是免費的，指定的檢查日，醫院裡擠滿年齡相仿的婦女。檢查結果會在日後郵寄，卻只有我一個人當天就被叫到別的房間。

我滿懷絕望地聽著醫師的宣告，想起母親被告知罹癌的那日。

在一旁聆聽檢查結果的姊姊臉頰抽動，哭紅了眼，惡狠狠地瞪著我。

「妳怎麼把媽照顧成這樣子？」

母親直接住院，姊姊在母親的病榻旁大聲指責我。母親病倒，開始照護，六年半過去了。這段期間，姊姊從東京回來的次數屈指可數。偶爾回來露個臉，不是說母親的頭髮乾燥得像稻草好可憐，就是嫌指甲太長，只會挑我的疏失，滿口怨言，從來不曾幫忙照顧母親。

我默默承受姊姊的斥責。不用姊姊說，我早已痛切責備自己。我怎麼沒有更早注意到？母親食欲減退、經常拉肚子，這些我都在一旁看在眼裡，卻一直以爲只是身體不好。

「醫生說如果早點來醫院，媽就還有救。都是妳害的。媽爲了我們操勞了一輩子，原本她應該總算可以享福了才對，都是妳……！」

即使聽不懂我們的話，應該也察覺劍拔弩張的氣氛。母親擔憂地轉動眼睛看著我和姊姊。

「妳應該替媽生病的！妳這一點用都沒有的人！」

那個時候，姊姊對我說的話——她的惡意，化成形體降臨在我的身上了嗎？

我聆聽醫師的說明，腦中冒出不可能的想像。必須接受幾項檢查，才能決定動手術的時間。醫師要我當天就約診，但我說要先和家裡討論，回家了。

後來我查了一下動手術和住院費用，但我僅有幾萬圓的微薄積蓄，實在不敷支應。可是唯獨姊姊，我不想拜託她。

在這樣的局面，像這樣逞強，我第一次明確自覺到我對姊姊的感情。

我在陰暗的房間裡，緊握著鑰匙夾，佇立好半晌。

決定不求姊姊的時候，第一個浮現腦海的是智弘的臉。

但我終究無法向他坦白。

我踩著虛浮的步伐走到書架前。千頭萬緒斥充著腦袋，快要爆炸。

我拿起水藍色的日記本，甩到桌上打開來。

我注視著寫在上面的一行字，良久良久。

「智弘說要和我結婚。」

白色紙頁正中央，上頭寫下的微小文字，忽然一陣扭曲。

三

第一次和智弘交談，是餐廳開幕過了三個月的時候。

經理說這個月的業績達標，打烊後工作人員要一起慶祝。收拾善後完畢，我換上便服，回到外場，大吃一驚。

外場的燈光調暗，餐桌在中央排成一直列，鋪上白色桌巾。上面擺了許多以刻花玻璃燭台盛裝的小蠟燭，描繪出美麗的花紋。蠟燭間，有同款燭台插上白色梔子花妝點。

我茫茫然看著，拿到分發的香檳酒杯和餐巾。經理述說對工作人員的感謝，致詞乾杯，餐車推過來，在各人的盤子盛上料理。

燻鮭魚和洋蔥的檸檬風味沙拉、烤鴨、焗烤扇貝波菜等等，每一樣都十分精緻，和平時的員工餐大相逕庭。我前半輩子都住在長野的偏鄉，過著與這類華美空間無緣的生活，因此這場慶祝派對對我來說是從未經驗過、令人怦然心動的時光。

我和打工同事閒聊，享用餐點和紅酒，不知不覺，已經過末班車時間。住附近的員工走路回家，經理安排包括我在內的幾個人在店裡過夜。留下來的人裡面，就只有我一個女生。

「還好嗎？累不累？」

我心想反正都得等到首班車時間，因此動手收拾碗盤，這時在廚房挽起襯衫袖子刷鍋子的高個子男人關心地問我。一開始我不知道他就是老闆智弘。

「不用特地收拾啊，謝謝妳喔。」

炭灰色的長褲上繫著洗碗用的防水圍裙，他接過放空玻璃杯的托盤。研習時，我看過來討論事情的老闆，但這是第一次細看他的臉。智弘雖然有著媲美運動選手的魁梧身材，卻膚色白皙，五官清秀。

我拿起托盤上的玻璃杯，智弘便俐落地將它們擺進專用的洗碗機。我說我來就好，但他婉拒說他習慣洗碗了。我不好就這樣離開，拿起布巾擦乾洗好的鍋子。

我一個小小打工人員，意外和大老闆兩個人獨處，緊張萬分，但默默動手也教人尷尬，因此我謝謝他準備了這場慶功派對。我坦率地讚美蠟燭和花藝的布置非常美，餐點非常好吃。智弘面露靦腆的笑，說看到員工這麼高興，他也很開心。令人驚訝的是，今天的餐點和餐桌布置，全是智弘一手包辦的。

「老闆以前不是做不動產的嗎？」

我想起從經理那裡聽說的老闆經歷。

「我家是開餐廳的。我國中就被抓去店裡操勞。」

「這樣啊，是哪裡的餐廳？」

我不經意一問，卻讓智弘沉默了。我正後悔不該沒大沒小亂攀談，智弘卻靜靜微笑，低聲說：

「已經關掉了。我媽過世，我爸把店收了。」

聽到這句話的瞬間，我淚如泉湧，怎麼也止不住。

我自己也不知道爲什麼。

仔細想想，母親過世，當時我聽從姊姊的話，離開生長的家，剛開始在東京展開新生活。和姊姊同住後，我便把悲傷和寂寞都掩蓋起來。我無論如何都不願意在姊姊面前哭泣。

我沒有好好地傷心難過，避免回想起和母親的回憶，但應該是瀕臨極限了。派對的興奮與疲勞，加上喝不慣的酒精催化，這時又聽到智弘意想不到的剖白，導致我一直壓抑的感情潰堤。

我突然哭出來，智弘驚慌失措地把廚房紙巾塞給我。我抹著淚水和鼻涕，辯解地說出母親過世的事。

洗完碗盤後，智弘說要開車送我回公寓，我答應了。

後來我坐過好幾次那部深藍色的進口車。在散發著智弘氣味的車裡，靠坐在柔軟的座椅上，看過許許多多的景色，聊過五花八門的話題。

一直到姊姊一臉得意地說她和智弘上床爲止。

我拿起夾在日記本中的白色梔子花押花。扭轉我命運的那天晚上回憶，已經變得乾燥，邊緣枯成了褐色。

我注視著輕薄得讓人驚訝的那片花瓣，想著智弘和姊姊。

考慮到往後，我無論如何都需要錢。

我認爲計畫已經天衣無縫。爲了達到目的，我已經調查過對方的狀況，也得到需要的知識了。剩下的就只有立下決斷。

即使是必要的錢，從別人身上搶奪，是可以被原諒的事嗎？

我自問自答，發現自己在笑。

怎麼可能被原諒？但問題不在這裡。

我將日記本依原樣收好，慢慢起身。

正面是與公寓房間格格不入的古董梳妝檯。這是母親的嫁妝，只有這件物品我沒有丟掉，帶到東京。搬家那一天，我在空無一物、宛如空殼的母親房間，束手無策地坐在這座梳妝檯前。我聽說以前住的家，現在仍然沒有人住。

我坐在鏡前，撫摸冰涼的黑髮。

智弘稱讚過我這頭遺傳自母親的筆直長髮。稱讚過我比姊姊更白皙光滑的臉頰，及柔軟嘴唇。

比起涼子，敦子漂亮多了。更漂亮好幾倍。

我跟涼子的事是逼不得已。請妳原諒我。我想跟妳重修舊好。

智弘的甜言蜜語逐漸沉落心底。

我自覺到自己的醜陋，閉上了眼睛。

——那天直到深夜，姊姊都沒有回家。

隔天中午過後，我接到餐廳經理聲音緊張的電話：

「我們的連鎖餐廳好像要倒閉了。老闆從昨天就行蹤不明，妳有沒有接到什麼連絡？」

我用力握緊手機，好克制住手部的顫抖。

四

「那，妳早就知道餐廳的經營惡化囉？」

穿著深藍色商務西裝的中年男子，用力交握在桌面上節骨分明的手，確認地抬頭看我。

也許正值考試期間，站前的速食店擠滿了一群又一群女高中生。可能是想要博取更多的關注，每個人都扯著嗓門說話。因爲這樣，不用擔心對話會被旁人聽見。

「以前打工同事提過，分店發生食物中毒事件，被勒令停業，不過不是我上班的店。」

「所以銀行撤回融資，他卻硬要展店，結果讓經營走進死胡同了，是嗎？」

「這些詳情我就不清楚了。」

「妳知道兩人的下落嗎？」

我咬住下唇，注視著自己的指頭。腦中浮現他們八成會去的地點。

「他們不久前去了奧多摩，說那裡的櫻花非常美。」

男子想知道地點，我說出姊姊提過的旅館名稱。男子取出手機，向疑似部下的人下達指示：

「對，不光是旅館，附近的飯店全部查一遍。瑪莎拉蒂不是路上隨便可以看到的。就算找到也不要打草驚蛇。應收帳款拿回來就行了。驚動警察就麻煩了。」

男子一改彬彬有禮的語氣，以十足恫嚇的低聲說著，朝這裡送上冰冷一瞥。他是在威脅我，要是有所隱瞞，小心沒有好下場嗎？我不服輸地迎視對方，忍不住按住下腹部，像要保護那裡。

男子講完電話，把名片擱到桌上站起來。

「妳一定也很慌，不過如果妳姊姊他們有連絡，請打電話給我。什麼時間都可以。」

男子說他是做顧問的，但從公司名稱看不出來。頭銜是「主席」。昨天接到經理的電話，緊接著家裡的電話就接到男子來電，說想見我。

智弘的連鎖餐廳因爲經營急速惡化，被逼到破產邊緣。男子說供貨的業者委託他回收應收帳款，智弘卻行蹤不明，所以男子正在找他。

我打了好幾通電話到姊姊和智弘的手機，但都沒有人接。這個狀況出乎我的意料。必須搶先那個男人找到他們兩個才行。

走出速食店，左顧右盼，確定沒有人監視，我直接走向車站。雖然會是一段長途旅行，但我將行李收拾成一小包，免得引起懷疑。

搭山手線前往新宿，再次張望確定沒有被跟蹤，走上十號線月台的階梯。我已經事先做了功課，知道與其搭四年前開通的新幹線，搭特急列車更快。

兩個小時後，我在懷念的故鄉小鎮下了車。乘上站前圓環只有一輛的計程車，告知去處。抵達目的地時，日頭已經西斜，天色暗下一大半。

停在屋子前院的車子罩上銀色車罩，但從大小和形狀，我一眼就認出是智弘的車。野放自生的雜草被漆黑的車胎輾平。才一年多沒有人住，屋子卻已經散發出有些腐朽的氛圍。

我按了門鈴，但沒有聲音，可能是電停掉了。我敲了敲門，沒有回應。等了一會，我忽然想到，抬起擺在玄關旁邊的盆栽。

生鏽的鑰匙就藏在那裡。我叮嚀過很多次這樣太危險，但母親身體還健康的時候，都把家裡的鑰匙藏在這種地方。想到母親病倒，忙著照護的六年半間，我完全沒有想到這支鑰匙，覺得有點好笑。我搬走後，門鎖似乎沒有更換，門順利打開。脫鞋處沒有鞋子，但留下清晰的大鞋印。

「姊，是我。我一個人來的。」

舟車勞頓讓我累壞了，沒辦法大聲說話。但屋中一片寂靜，因此這樣的音量足夠了。屋內傳來聲響。

我坐在脫鞋處等了一會兒。走廊傳來聲息，回頭一看，先是一臉僵硬的姊姊現身，沒多久智弘從後面跟上來。或許是沒有洗澡，兩人的頭髮都油膩膩的。

「——妳怎麼會在這裡？」

姊姊以不悅的聲音問，應該是在竭盡全力虛張聲勢。

「妳們逃走那天，我聽智弘說了。他說妳們會離開一陣子，叫我不要擔心。」

當時智弘在公寓前對我這麼說。我知道餐廳經營惡化，但沒想到他這麼快行動，因此很驚訝。

「那，是你叫她來的？」

姊姊瞪過去，智弘慌忙搖頭：

「怎麼會！我完全不想把敦子牽扯進來。只是不想讓她擔心，才那樣對她說，我沒有說我們要來這裡。」

我也不想被捲進這種鳥事。我得做好該做的事，早早回去。我開口：

「我是來要錢的。可以從智弘的戶頭匯個一千萬圓給我嗎？」

應該是完全沒有想到。姊姊怒目相視：

「什麼？妳有什麼資格跟他要錢？而且妳聽說了吧？智弘的公司快倒閉，他才沒有錢——」

「所以妳們才急著結婚，對吧？」

這句話讓姊姊的臉一眨眼綠了。

「你們把公司的資產轉移到姊和智弘的個人戶頭，然後故意破產，對吧？要是全部轉移到智弘一個人的戶頭，別人不會坐視不見。像那個可怕的顧問，馬上就會識破了。」

再說，把姊姊介紹給智弘，說長年任職於信用金庫的姊姊或許會有好主意的，就是我。

智弘說他有一家餐廳被勒令停業，資金周轉陷入困難，我把姊姊介紹他認識，是最大的錯誤。

我早就知道姊姊自私自利的個性，沒想到她不僅沒有設法協助智弘重振經營，甚至還把公司資產轉移到個人帳戶，故意讓公司破產。還拿共犯關係當要脅，逼智弘和她發生關係。

「那又怎樣？」

原本低著頭的姊姊抬起臉，傲然笑道：

「就算妳知道這些，我們也沒有義務拿錢給妳。」

確實，我沒有任何權利。有權利的不是我。我仰望姊姊的臉，手按在下腹部，一字一頓地說：

「我想要的，**是這肚子裡面孩子的養育費**。」

婦科檢查中被告知懷孕時，宛如青天霹靂。

我和智弘約會過好幾次，他甚至向我求婚，但我完全沒有那個打算。

派對那天晚上，因爲失去母親的悲傷，感情陷入動盪，我不小心委身智弘。但客觀來看，在那種狀況下把自己店裡的打工女生帶去旅館的男人，不可能有絲毫吸引力。我每天都會把發生的事寫在日記本中，回頭省思，多虧這個習慣，我很快就發現到智弘這個人的膚淺。

智弘開著那輛藍色的大車子載我去的地方，全是電視上炒作、但我毫無興趣的地點。他嘴裡說出來的話只有自誇和牢騷。和智弘交往，眞的讓我痛苦萬分。刺鼻的古龍水味也讓我厭惡至極。

但那份打工是我好不容易才找到的，我無法輕易拒絕一度發生關係的老闆邀約。他向身爲打工人員的我哭訴經營惡化時，我實在很受不了，但還是把姊姊介紹給他，自認已經仁至義盡。要是知道避孕失敗，不慎懷孕，我早就立刻跟他分手了。

一開始我考慮墮胎。但智弘為了餐廳的資金周轉焦頭爛額，我無法立刻提出墮胎費用的事。正當我苦惱如何是好，姊姊告訴我她和智弘發生了關係。

這下子就可以和智弘分手了。放下心的瞬間，我想要留下肚裡的孩子。

我之所以會對生下孩子感到猶豫，是因為想要和智弘斷絕關係。只要可以甩掉智弘，我根本不想墮胎，也深愛著這個天賜的小生命。然而沒有察覺自己這樣的想法，或許是因為自從發現懷孕那天，我就再也沒有寫日記。

現在，肚子裡的孩子已經五個月。我總是穿寬鬆衣物，沒有人察覺，但隆起的肚子漸漸醒目。我現在依然會孕吐，而且身體沉重，很容易累。也會貧血，或偶爾下腹部堅硬腫脹，讓人擔心，但這似乎是懷孕中期常見的情形。因為我都會定期產檢，服用醫生開的藥，因此孕程相當順利。

我看看手表，覺得時間差不多了，站了起來。

「好像有可怕公司的人在追殺你們，萬一發現你們躲在這裡，搶走好不容易轉移到個人帳戶的資產，豈不是前功盡棄了？我想在那之前，拿走這孩子應得的份。養育費是法律保障的這孩子權利。除了我以外，應該還沒有人想到這個地方，不過你們最好快點逃去別處吧。一起逃亡的女人老家，他們很快就會找上門了。」

兩人戶頭裡的錢，其實應該要拿去支付廠商和員工才對，但為了讓即將出世的孩子過著衣食無虞的生活，我才不管那些正義。我將記下帳戶資料的便條遞給姊姊，而不是智弘。姊姊才是掌握決定權的人。

「妳怎麼知道我們在這裡？」

姊姊捏緊便條，咬牙切齒地問。

我實在是累了，其實覺得很不耐煩，但如果不回答，姊姊八成會抓狂，所以我回答她：

「智弘的車窗夾著櫻花花瓣。花瓣很新鮮，還沒有變成褐色。落下的櫻花花瓣很快就會變色了。去奧多摩帶回來的櫻花，不可能像這樣新鮮，所以我看出一定是最近剛去了有櫻花盛開的地點。四月上旬櫻花還在開的地方，應該就只有長野了。妳們在決定到這裡避風頭之前，預先來勘察過對吧？」

母親生前喜愛的庭院櫻花樹，現在花已謝盡，換上一身綠葉。

事情全辦好，我留下一聲「拜」，掉頭轉身。我注意到自己一次也沒有正眼瞧過智弘，但並不感到遺憾。

比起智弘，我更想快點離開這裡，趕上十九點三十分發車的特急。

我現在的身體非常重要，可不能錯過最後一班車了。

柔軟的背

一

「阿嬤，我真的會完蛋啦。這樣下去我絕對會被學長整死的。」

聽到亮介還帶著稚氣、走投無路的聲音，我心都快碎了。

「可是，那件事你不是好好道歉，對方也原諒你了嗎？」

我一邊說著，不知不覺間用手罩住話筒，動作像在窺伺周圍。幸惠向來都要傍晚才會下班回家，但我絕對不想被她聽到。幸惠心地狹窄，即使完全不會礙到她，她也無法原諒別人的過錯。即使那是自己的姪子，應該也無法例外。

「自作自受啦。自己搞出來的爛攤子自己收拾，這不是天經地義的事嗎？」

這是幸惠的口頭禪。她曾經告訴我在寵溺中長大的朋友兒子變成繭居族，或職場做事散漫的晚輩欠了高利貸一屁股債的事，然後嘴唇扭曲地指責他們。

自恃是親女兒，所以不講客氣嗎？我總覺得她待我特別苛刻。和幸惠同住過半年，明明是自己家，我卻成天過得緊張兮兮。

「上次拿給你的錢，我也是費好大一番工夫才瞞住你幸惠姑姑的。就沒有別人可以幫你嗎？」

「要是跟爸媽講，他們一定會叫我報警。我只有阿嬤可以指望了。」

眼頭一熱，呼吸一頓。一想到亮介窮途末路的心境，我心痛得不得了，身子骨都顫抖起來。他才高中生而已，怎麼會牽扯上這種事？要是能夠，我眞想替他受苦。

「對不起，小亮，阿嬤眞的很想幫你，但今天實在沒辦法。也沒時間去銀行了，可是明天中午的話，阿嬤可以去銀行。」

我仰望壁鐘。從這處北關東的鄉下小鎭，到亮介生活的東京，單程要花上兩小時。我捏緊圍裙衣襬，恨恨地心想要是我們住在附近就好了。

其實我很想立刻爲亮介解圍，但如果現在出門，很難搶在幸惠回家前去一趟站前的銀行再回來。附近的公車站班次很少，計程車也是，得等上二十分鐘。至於開車，自從春天在縣道發生自撞車事故，已經好幾個月沒開了，而且今天幸惠把車開去上班了。

電話彼端傳來輕聲嘆息：

「……好吧，我請學長等我看看。」

那聲音痛苦萬分，就像擠出來的。亮介以完全不像他的僵硬、迫切的口氣，再次叮嚀「明天一定喔」，掛斷了電話。

我丟也似地放下話筒，再次看向時鐘，匆匆走進隔壁當成臥室的和室。從壁櫃下層的衣物箱深處，抓出丈夫生前用的褐色小皮包。費一番工夫打開卡卡的拉鍊，拿起裝在尼龍袋裡的銀行存摺。丈夫的保險金匯進來後，這本存摺就一直收在這裡，再也沒有動過。

丈夫從長年任職的金屬零件廠商屆齡退休的那年冬天，就因爲蜘蛛網膜下腔出血過世。已經是兩年前了。他爲了避免運動不足，每天都去附近的河邊散步，被騎自行車通勤的上班族發現趴倒在堤防的草叢裡。送到醫院好像還有呼吸，但我趕到時，已經面如白紙，雙目緊閉。

我在一片混亂當中，聽從護士的指示連絡其他家人，打電話給浩一和幸惠。就連那時候，幸惠都指責我「都怪媽沒有好好留意」，但浩一替我斥責了幸惠。對於比自己大五歲、更成才許多的哥哥，幸惠總是百依百順。

那一年亮介十四歲。他穿著還有點嫌大的中學制服，一臉凝重地摩挲著一動也不動的祖父的手。亮介長得很像浩一，雖然是男生，手指卻纖細修長。

長相也是，和父親浩一簡直就像同一個模子印出來。濃濃的睫毛底下，是帶褐色的眼瞳。高挺的鼻梁、彷彿鬧脾氣般微噘的小嘴唇，都和浩一一樣。

他那溫和的個性，一定也是像到父親。和幸惠一樣愛挑人毛病的丈夫曾皺著眉頭嫌亮介太軟弱，但畢竟是唯一一個孫子，仍對他寵愛有加。亮介讓爸媽帶來過夜的時候，丈夫總是對我呼來喚去，要我去買名店的糕點回來給孫子吃，或是搬出厚被子，免得孫子著涼。

如果是爲了亮介，他一定會二話不說拿錢出來。

我這麼告訴自己，將存摺和印章放進圍裙口袋裡。把小皮包依原樣收好，關上壁櫃紙門。

回頭一看，自簷廊射入的陽光，在褪了色的榻榻米上投射出筆直的光束。不知不覺已經這麼晚了。看來我沉浸往事，又茫然了好半晌。得趁幸惠回來前準備好晚飯才行。

我扶著矮桌站起來，按著疼痛的腰桿子走向廚房。看看冰箱裡面，回想今天原本預定煮什麼，小心謹愼地確認步驟，把裝了水的鍋子放到爐台上開火。

最近變得有點健忘，做事丟三落四，老是被幸惠糾正。專心的時候是還好，但經常事情做著做著，不知不覺間沉浸在別的思緒裡。然後不小心事情做到一半就丟下，跑去做別的，或犯下可笑的疏失。上次我正準備出去丟垃圾，同時盤算著要出門買什麼，竟糊里糊塗把垃圾裝進購物袋裡面。

得振作一點。現在能夠保護亮介的，就只有我了。

確實，那孩子或許有錯。但不能因爲這樣，就毀掉他大好前程。再說，我認爲那根本不是必須遭到那般苛責的事。他就是個性太好，才會被人乘虛而入。

只要是錢能解決的問題，都不是問題。

只不過是奪走一個小生物的性命罷了，那孩子沒必要爲此痛苦。

二

晚餐大致準備好，傳來玄關門打開的聲音。我慶幸今天趕上時間，鬆了一口氣出去走廊。如果下班回家不能馬上吃到晚飯，幸惠就會擺臭臉。

「妳回來了。外面很冷吧？」

「這味道……又燉魚？老人家就愛煮些臭東西。」

幸惠看也不看我，皺起遺傳自父親的塌鼻子。厚重瀏海底下的一雙眉毛，打結的眉心皺紋顯得泛黑。我再次認識到這孩子也老了。脫下來遞給我的大衣散發出惹人厭的菸味。

「媽的年金很少，沒辦法太奢侈。」

我說，言外之意希望她出一點生活費。幸惠搬回來住後，連一毛錢都沒有拿給我過。

「爸也眞是搞錯順序了。要是先死的是媽，就不會落到今天這步田地了。」

居然說出這種話，我聽了忍不住大爲光火。確實，丈夫有四十年以上的工作資歷，年金也不少，但支持他的生活直到退休的可是我。

「要是媽先死了，妳爸不會煮飯，也不會打掃洗衣，一定會不知如何是好。」

「那有什麼，雇個打掃阿姨就好了。家事誰不會做啊？」

那爲什麼妳什麼都不做？我很想這麼說，但就算和幸惠吵架，只會氣死自己。再說，幸惠再囂張也沒有多久了。我有把幸惠趕出這個家的王牌。她現在被蒙在鼓裡，還悠哉得很。

我想要起碼報復一下，賣弄地大嘆一口氣，折回廚房。將燉蝶魚和炒蘿蔔乾絲各別盛盤，並在燙波菜灑上柴魚片。這段期間，幸惠披上鋪棉外套，打開起居間的電視，腳伸進暖桌裡。她喜歡的偶像節目播放時間到了。

眞的什麼事都不做。

我將飯菜擺到矮桌上，端來味噌湯，幸惠只盛了自己的飯，吃了起來。

「爸的三年法事，跟哥說了嗎？」

幸惠眼睛盯著電視，動著筷子問。

「已經三年了嗎？」

「三年法事要在第二年的時候做，媽連這都不知道喔？」

這要是以前，聽到那瞧不起人的口氣，我一定會勃然大怒，但最近已經槁木死灰。即使如此，還是有種什麼東西積在胃底的苦悶感。爲什麼我非得跟幸惠住在一起，受這種閒氣？

丈夫過世，以前根本不回家的幸惠，突然經常跑回來。

「哥說他沒辦法經常回家看看，叫我最起碼每星期回來看一次。既然如此，幹麼在東京蓋什麼房子嘛！」

浩一從縣立高中考上都內的私立大學，在東京找到工作，結婚成家。相對地，幸惠從當地的短大畢業，進入縣內的外食連鎖店任職，一個人搬到公司包下的公寓生活。她提過有男朋友，我一直以爲她遲早會結婚，沒想到她在三十五左右的時候突然辭掉工作。

一問才知道，她剛進公司不久，就和上司搞起不倫。上司的大老婆殺到公司來興師問罪，搞得全公司人盡皆知，讓她再也待不下去了。幸惠一臉悲痛地說出這件事，求我不要告訴她爸，我只是不知所措。

清算和男人的關係，幸惠進入鄰町的看護事業所當看護，住在廉價公寓裡。也許是離職的原因讓她自覺羞愧，明明住在車程三十分鐘的地方，但丈夫生前她幾乎不曾回老家。

一開始女兒回家，我也覺得滿開心的。但每次幸惠回家，都會吵著今天想吃生魚片、壽喜燒。而且得開車去鄰町接送她，也是個負擔。幸惠說養車很貴，辭掉以前的公司時，把車子也賣掉了。載她回去的路上，她總是說順便，要我載她去買東西。我在幸惠的指揮下，前往超市或藥局，道別的時候，總是累得不成人形。

「妳不用這麼常回來啦。妳也有自己的生活要過，而且媽的心情也平復了。」

幸惠常回老家過了幾個月的時候，我終於發難。但拐彎抹角的說法被她當成客氣，大方帶過：

「對親女兒別那麼客氣啦。媽這樣的人，一個人不可能過得下去。」

感覺幸惠認定一直是家庭主婦、從未出去工作過的我不知世事，所以凡事都愛盯著我、干預我。定期每個月訂購的健康食品，她說浪費錢，叫我停掉；原本買來要送給亮介慶祝考上高中的鋼筆，也被她說現在沒有高中生會用鋼筆寫字，叫我退貨。

會發生那場車禍，說穿了也是幸惠害的。

開車送幸惠回公寓的路上，我在縣道的十字路口等紅燈。右轉過來的車子沒有要慢下來，所以我想等那輛車過去再走，但副駕駛座的幸惠催我：「綠燈了啦，快走！」我忍不住踩下油門。結果為了閃避衝過來的右轉車輛，車子開上人行道，撞到電線桿。唯一慶幸的是，當時沒有行人。

事故後，浩一叫我別再開車。又說不能讓我一個人生活，叫幸惠搬回老家跟我一起住。

「三年法事不辦的事，妳得跟哥說清楚啊。」

尖銳的聲音讓我回過神。不知不覺間早就吃完晚飯的幸惠正瞪著我看。我又恍神沉浸在往事裡了。為了掩飾，我急忙應話：

「是啊。那我會跟浩一說。」

「快點講一下比較好。亮介後年就是考生了吧？要補習什麼的會很忙碌，省下這些麻煩事也是在幫他們。」

沒錯。亮介說想要考和浩一一樣的大學。

還是不能讓那種事毀掉那孩子的將來。我從口袋布料上緊緊地握住存摺，堅定地這麼想。

三

亮介第一次打電話來，是上星期的事。

「阿嬤嗎？我可能遇到麻煩了。」

那是下著傾盆大雨的午後。我以為是推銷電話，沒想到一接起來就聽到啜泣，嚇一大跳。

「到底是怎麼了？你是阿亮對吧？怎麼沒在學校？」

「是牠突然衝出來的，我根本停不下來。」

亮介說，現在是考試期間，下午的科目考完，他從學校騎自行車回家，結果一隻沒繫牽繩的狗從巷子裡衝了出來。

「好像是項圈脫落跑走了。是小隻的吉娃娃，我前輪閃過，後輪卻輾到牠了，牠發出超恐怖的叫聲。狗主人是個染金頭髮的女人。她追著狗跑來，大吵大鬧，說要把狗送醫，叫來有車子的男朋友。她的男朋友是我們學校畢業的，隔天我就被學長叫去，叫我付錢賠償。」

亮介哭哭啼啼，好不容易說出來龍去脈。

「那隻狗死掉了嗎？」

「嗯。我沒有看到，可是對方說死掉了。」

「只是死了一隻狗而已，要求賠償太離譜了。再說，讓狗亂跑，是飼主自己的責任吧？」

「學長說我撐傘騎自行車是違規的。還說要是叫警察來，問題比較大的人是我。」

對方要求拿出二十萬圓，就願意息事寧人。

距離幸惠回來還有時間。

「錢匯到你的戶頭就行了嗎？」

「他們叫我直接匯到飼主那裡。我把帳戶號碼告訴妳。」

亮介說得太快，我聽不清楚，反問了好幾次確定，記下銀行和分行名、戶名及七位數帳號。穿上雨衣，立刻匆匆趕往銀行。

要是被幸惠知道，絕對會叫亮介去找警察吧。

「自作自受。誰叫他要做壞事，敢做就要敢當。」

她一定會像這樣冷酷地撒手不管。不能讓幸惠知道。

銀行櫃台人很多。排在我前面、年紀比我更大一些的老先生事情辦完了也不讓開，慢吞吞地把老花眼鏡收進皮包。我擠開他似地把匯款單和存摺遞向窗口。

「收款帳戶是認識的人嗎？」

「對，我要匯生日禮金給我孫子。」

我懶得詳細說明，隨口掰了個謊言。窗口的女行員想了一下，直接幫我處理了，我順利匯出二十萬圓。我打從心底慶幸除了年金帳戶，我還存了一點私房。

搬回來同住過了兩個月，幸惠開口說要幫我保管年金帳戶的存摺。

「這樣媽也比較安心吧？」

她伸出右手，一副理所當然的態度。

「爲什麼？那是我的年金，是我自己的錢啊！」

我實在不得不反駁。但幸惠揚起嘴角，沒神經地說：

「妳忘了昨天的事嗎？媽不是在廚房尿了一地嗎？」

臉頰一下子火燙起來。

「我沒想到居然這麼快就得幫媽把屎把尿。妳知道嗎？沒辦法自理大小便，表示智力也不行了。萬一妳把錢亂花，到時候沒錢買吃的，生病了也沒錢上醫院，那該怎麼辦？又不是要沒收妳的錢，只是幫妳保管而已。需要的生活費，我會領出來給妳。」

當時我一邊想著明天要煮什麼，一邊洗米，結果注意到的時候，大腿內側一陣濕熱。流過小腿的觸感讓我全身直冒雞皮疙瘩。我連忙褪下外褲內褲清洗，但正要洗廚房地墊時，幸惠回來了。

連我自己都不知道怎麼會這樣。第一次尿失禁，搞得我方寸大亂。我只擔心往後將會如何，不安極了，害怕惹幸惠不高興，把存摺交給了她。

確實，幸惠會把我要求的金額交給我。

但我已經不被當成能夠獨立自理生活的大人看待了。車子被沒收，被迫和根本不對盤的女兒同住，我覺得既窩囊又可悲，所以亮介求助於我，讓我覺得很開心。

後來不到一星期，亮介又來要錢時，我眼前一片黑暗。但一想到可以再次親手拯救亮介，奇妙的是，我感到心滿意足。

碗盤碰撞聲讓我回過神。我好像又一邊洗碗，一邊沉浸在思緒裡。幸惠也不幫忙，一手拿著啤酒罐在看電視。我瞪著那張嘴巴浮現呆笑的側臉，在心中撂話：走著瞧吧！

邋遢的幸惠衣服也全部丟給我洗。前天在她的褲袋裡挖到一張皺巴巴的收據，得知原來我一直被她騙了。

只要把這件事告訴浩一，一定就可以不用繼續跟幸惠住在一起。或許浩一會叫我去東京跟他們一起住。這樣一來，我就可以每天照顧亮介。

我打算解決可惡的狗問題之後，立刻將這個計畫付諸實行。我刷著沾上燒焦魚皮的鍋子，夢想著能夠陪伴可愛孫子和兒子的那日。

四

隔天下午一點，亮介打電話來了。我本來想問今天是平日，他怎麼沒在學校，但他遇到那種事，一定是找理由請假了。

「他們這次叫我拿出五十萬。」

「怎麼會？」

超出兩倍以上的金額讓我驚呼。

「他們說那個女飼主自責害死了狗，得了憂鬱症，要去醫院拿藥吃，也沒辦法上班，不知道什麼時候才能好起來。」

亮介好不容易說了這些，又像個孩子般哇哇哭起來。

「阿嬤應該不知道，可是如果這次又要匯五十萬過去，銀行的人會懷疑是詐騙，叫警察來。所以學長要直接過去拿錢。他已經出發了。」

亮介哭著，但仍清楚說明，免得我不知所措。

「好。那阿嬤只要去領錢，把錢拿給那個人就行了吧？」

問出碰面地點和時間，我急忙前往公車站，準備搭車去銀行。然而在路上等紅燈時，我打開存摺確認一看，整個人呆了。

丈夫的保險金——應該匯進了六百萬圓的存摺，餘額幾乎是零。

我急忙翻頁，查看提領紀錄。從正好半年前的日期開始，一次十萬或二十萬，被提領了好幾次。提領的金額愈來愈大，最後一次提款是一個月前。被領出了九十萬圓，餘額只剩少少的幾千圓。

——是幸惠。

我馬上就想到了。自從發現她的祕密，我就一直覺得非快點逼問她才行，可是……

沒想到她居然得寸進尺到這種地步。

我粗魯地把緊捏在手裡的存摺揣進皮包，攔住經過的計程車。我不是說出幸惠的職場，而是郊外某個地點。司機對著後照鏡詭笑，沒禮貌地說：「阿嬤，妳是靠年金過日子的，要適可而止一點啊！」我差點吼回去：「又不是我！」但心想不是爲這種無聊小事跟人吵架的時候，強忍下來。

車子開了二十分鐘，司機把車停靠在人行道旁。我匆匆付了錢下車。寬闊的停車場零零星星停著幾輛車。週末應該很熱鬧，但平日生意大概就這樣。我一下子就發現我的黑色小轎車了。車禍時撞凹的地方依然如故，難看死了。如果要拿去自己開，怎麼不送去修理？又一陣火氣上來。

自動門開啓，喧鬧聲灌入耳中，頭都快痛起來了。瀰漫的菸味讓我蹙眉，我大步穿過並排著小椅子的通道，在一堆眼神混濁地瞪著機台的男人們另一頭，找到把熟悉的窮酸大衣當毯子蓋在腿上而坐的身影。髮際的白髮反射著液晶螢幕的閃爍光線，閃閃發亮。

「妳從什麼時候就在這裡混了？」

我把嘴巴湊近對方耳邊開口，幸惠一臉蒼白地回頭。

「說妳去上班，結果一整天泡在這裡？妳拿人家的錢做了什麼事？」

幸惠悶不吭聲，但沒有放開小鋼珠機台的桿子，變得面無表情。她放棄掙扎似地打開緊抿的嘴唇，總算喃喃道：「妳怎麼知道？」

「怎麼會不知道？每天渾身菸味回來，口袋裡還有這裡的獎品收據，上面的時間是妳應該還在上班的時間。這東西有什麼好玩的？都幾歲的人了，妳有沒有腦啊？」

我猛力拍打塑膠機台，穿黑制服的店員飛奔而來。

「妳從以前就是這樣。不知反省，只知道責怪別人。整天怨天尤人說我偏心，只喜歡浩一，這不是廢話嗎？比起妳這種廢物，浩一更可愛、更成才、更重要！」

我並不打算說到這種地步，卻情不自禁。店員抓住我的手臂，我扭動身體甩開。

「我要走了。妳要做什麼都不關我的事。我不是來找妳的，只是來拿車鑰匙的。」

幸惠露出遲疑的表情，但我伸出右手，她便乖乖掏出口袋裡的鑰匙圈。店員凶狠警告「不要破壞機台」，我不理他，跑出店裡。沒錯，我才沒空理幸惠那種東西。現在最重要的是救我的寶貝孫子、救我的亮介。

「比起什麼狗，小亮的將來當然更重要。只是自行車撞死一條狗罷了，算得了什麼？」

亮介第一次打電話來的時候，我這樣鼓勵他。善良的亮介為了害死小狗而自責不已。

「在你阿嬤小時候，不是這樣的，每個人都知道比起狗，人才是最重要的。」

我在停車場的柏油路上重重踩著腳步往前，同時回想起兒時。那時候的路也不像這樣鋪滿柏油。我是茨城貧農家的長女，家裡養了三隻狗，牠們不是看門狗就是獵狗，都是為人類效勞的狗。

記得我十歲時。當時養的狗裡面，年紀最大的白色大母狗大肚子，很快就生下五隻小狗。兩隻白的，三隻褐灰花斑，和在附近晃盪的狗相同花色。

「不能丟掉，得殺掉埋起來才行。」

父親喜歡狗，但早已決定家裡只能養三隻。

「如果丟到山裡，會被烏鴉咬死，或是被狐狸吃掉，會死得很痛苦。」

處理多生的小狗，是年紀最大的孩子工作。十五歲的哥哥去東京做工，殺小狗成了我的差事。

我抱著在木箱子裡哼哼唧唧的小狗們，在拂曉時分爬上田地的後山。我不想被任何人看到。走在散發潮濕氣味、陰暗狹窄的山徑上，在堆積的落葉上磕磕絆絆地往山裡走。

不久後來到山澗，我在澤蘭盛開的水邊把箱子沉入水裡。我死勁壓住在掌中蠕動的柔軟的背，免得牠們浮上來。

現在我依然能夠區別什麼是重要的、什麼是不重要的。

我是能自己決定該做什麼的大人。

會合的地點在國道旁已經歇業的眼鏡行停車場。從這裡開車過去，不用五分鐘。

雖然一陣子沒開，但引擎順利發動。右邊是油門，左邊是煞車。我記得很清楚，也知道怎麼打方向燈。慢慢地、小心翼翼地把車子開出停車場，握緊方向盤，踩下油門。

五

會合地點的停車場，也許是因爲長年無人使用，柏油龜裂，處處冒出雜草。沒有半臺車輛，只有入口處有個男子跨坐在機車上，正在滑手機。男子身材矮胖，穿著成套運動服，罩著一件羽絨外套，寒冷地蜷著背。

嘴邊留著鬍子的男子，靠近一看，才發現長相有些稚氣。他就是亮介的學長嗎？但怎麼看都不像高中生。再說機車這麼小臺，他是騎著它從東京來到這裡嗎？

我想要先確定對方的來頭，隔著駕駛座車窗瞪了男人一眼，然後直接把車開進停車場深處。男子看到我之後，慌張打起電話。我打了方向燈，把車開到外牆布滿裂痕的眼鏡行後面。

開到最深處快碰到牆壁的地方，方向盤往右打，開始倒車。油門好像踩得太深，上半身猛地往前栽。我急忙挪開腳，踩下煞車。手肘靠在方向盤上，慢慢深呼吸。接著稍微冷靜了一些，把方向盤往左切，打到D檔，讓車子前進。果然還是太久沒開嗎？光是轉個方向，就煞費工夫。

可是，總算又可以開車了。我懷著懷念的感受，撫摸儀表板上的刮痕。要不是幸惠在旁邊亂指揮，我根本不會自撞。她眞的只會給我找麻煩。

不過，或許我也虧待過她。

我想起剛才幸惠那張畏懼的神情。因爲我都只疼浩一、只稱讚浩一，才讓她變成那種頑固彆扭的個性。幸惠應該是想要引起我的注意，故意擺出叛逆的態度。而我明明發現了，卻依然覺得浩一更重要，沒辦法肯定幸惠，對她付出母愛。幸惠會成天挑別人毛病，是因爲對自己沒自信。

就這樣拋棄幸惠，和浩一生活，眞的好嗎？如果浩一知道幸惠也不工作，甚至偷拿母親的年金、父親的保險金，成天泡在小鋼珠店，一定會叫她搬走吧。這明明是我想要的結果，事到臨頭，我舉棋不定。

擋風玻璃前面有東西在動，打斷了思考。正前方五十公尺處，運動服男子以難看的動作跑了過來。他追著車子過來了。看來他就是要碰面的對象沒錯。

我踩下油門。車子發出從未聽過的刺耳引擎聲，讓我想起歇斯底里吼叫的幸惠。

起初男子錯愕地定在原地。接著他似乎總算察覺狀況，轉身跑出去。這時車子和男子的距離已經縮短到約三十公尺了。

男子踉蹌地往右跑，我也跟著把方向盤稍微往右轉。感覺肩膀繃得死緊。我聳了聳肩，放鬆肌肉，重新握好方向盤。

成功調整方向，車頭對準了男子。腳暫時從油門放開，很快地再次重踩下去。車子進一步加速，一口氣拉近距離。說時遲那時快，車子已經撞上男子的臀部一帶，把他給撞飛了。

我本來擔心他會撞到擋風玻璃，把玻璃撞破，但也許車高恰到好處，男子筆直向前飛。飛了大概兩張榻榻米的距離，面朝下落地，就這樣再彈起來一次，又飛了半張榻榻米遠，一動也不動了。

我迅速把車停到男子旁邊。下車後，打開後車座。男子的身體莫名軟塌，很難搬動。我抓住運動褲的鬆緊帶，把他拖到車旁，先抬起雙腳，把一半的身體塞進車子，再抬起上半身，把腰塞進去，推他的背。男子就像前滾翻，臉埋進後車座上的腳部，屁股高抬，以古怪的姿勢進了車。

我再次回到駕駛座。隱約聽到呻吟聲，爲求愼重，我鎖上了車門。我想著故鄉的山林，在沒有行車的國道上直線前進。哼著小曲，覺得想要去任何地方都可以。

六

三天過去了。

我每天早上都仔細閱讀報紙社會版，看電視新聞，但沒有發現屍體的報導。

不知爲何，後來亮介都沒有連絡。但如果我打電話過去，被浩一知道發生了什麼事，就前功盡棄了。

已經不需要擔心了，沒事了——我很想這麼安慰亮介，但還是謹慎地等他連絡。

從那天開始，幸惠就不敢跟我碰面。一定是太尷尬了吧。某天半夜她偷偷摸摸收拾行李離家，再也沒有回來，似乎是住到朋友家去了。

往後的事，不用急著做出結論。等幸惠回來再討論就行了。好久沒有一個人了，我每天外食，或是開車當天來回泡溫泉，自由自在地盡情逍遙。

但是第四天晚上，忽然來了訪客。對方說是警察，我緊張萬分地到玄關應門。門外站著附近派出所看過的警官，和穿西裝的年輕男子。年輕男子自稱縣警第二課的刑警。

「這名女看護是什麼時候住進這裡的？」

穿西裝的年輕刑警拿出幸惠的照片問我。照片有些模糊，像是從履歷表照片放大的。

「幸惠喔，幾天前我因爲她偷拿我的年金打小鋼珠的事罵她，她就沒回家了，應該是跑去朋友家了。」

後來沒有錢，鬧出問題嗎？我不安地看警官，不知爲何，他一臉同情地捏住制帽邊緣說：

「不是，阿嬤，妳看仔細一點。**幸惠小姐在半年前就車禍過世了啊**。」

聽到這話，我再次仔細看照片。但幸惠就是幸惠。

「這女騙子的手法就是欺騙失智的老人家，假冒家人一起生活。她和幸惠小姐在同一家看護機構上班，好像透過這層關係得知妳的事。」

刑警說出一個名字，是幸惠以前提過的，職場欠了一屁股債的晚輩名字。警官對著刑警掩住嘴巴，像在說悄悄話似地說：

「這個阿嬤以前開車出車禍，當時坐在副駕駛座的女兒不幸喪生了。她一個人獨居，所以兒子放心不下，請了看護來照顧。聽說車禍後，她變得很健忘，妄想也很嚴重。對方是女兒的同事，所以應該是完全信任對方了，聽說連鑰匙都交出去了。」

刑警點點頭，用勸導小孩般的平靜口吻說：

「阿嬤，這照片上的女人用了很多名字，在許多地方幹下一樣的詐騙案。方便讓我們進去看看嗎？我想看一下她有沒有留下什麼。」

我呆呆地想起那個穿運動服的矮胖男子。我本來想把他載到山上丟掉，但因爲還有呼吸，就把他按進水裡，讓他解脫。就像小時候處理小狗那樣，死勁按住那柔軟的背。

後來我把他怎麼了？這部分的事，我怎麼也想不起來。

如果就那樣一直丟在家裡的浴室，屍體當然不可能被人發現。

該不該讓警察進家裡？我好猶豫。

扭曲的鏡子

一

「姊，妳怎麼買這麼貴的肉？」

在一旁裝袋的結奈大聲驚呼。

「有什麼關係，反正是我出的錢。」

相反地，我的聲音變小了。結奈把櫃檯的塑膠袋扯下一長串，正在打收銀的店員瞪她一眼。結奈一如往常，一手拿著牛肉包裝，另一手靈巧地把塑膠袋捲起來。結奈說塑膠袋拿來當食品保存袋或拋棄式手套正好，但有必要拿這麼多嗎？

「而且妳男朋友要來，總不能端出奇怪的菜給人家吃吧？」

三年前結奈搬到東京，就一直維持每個月兩次到我住的公寓吃飯的習慣。母親擔心結奈，拜託先離開群馬老家的我偶爾關心一下她的情況。

「妳不用擔心。反正他根本吃不出味道。」

結奈的男朋友好像在自己成立的小劇團擔任編劇兼舞臺導演。他有些自嘲又有些自豪地說，在居酒屋打工的收入，大半都投入劇團經營。半年前結奈把他介紹給我時，聽說他比我小兩歲，因此應該已經快三十了。

「我也好想像姊一樣，有個上班族男友喔！雖然不知道系統顧問是幹麼的，但薪水很不錯吧？要我跟和也結婚，我絕對無法想像。」

我面露苦笑，喉嚨就像堵住，說不出話。

我沒辦法跟妳結婚。

兩個月前，男友這麼對我說，跟我分手了。

他跳槽到我們公司不久，我們兩個就開始交往，交往第五年的紀念日，我提出想要結婚的念頭，卻被打回票。

「我男友就只是個大叔，不像和也那麼帥，而且對妳來說太平凡了，妳一定會覺得很無聊。」

分手的事我還沒有告訴結奈。

嚥下喉嚨深處湧上的苦澀，自謙早已不存在的男友沒什麼。

事實上，一開始結奈對他沒有半句好話。

「我可是還記得喔，我拿他的照片給妳看，說這是我男友時，妳的表情有夠嫌棄的。」

「——是喔？那他開什麼車？」當時結奈這樣說。

結奈面紅耳赤，噘起嘴巴說「那個時候我還太年輕啦」。

那時候結奈高中畢業，也沒打工，住在老家，成天跟宛如飆車族的朋友廝混。對當時的她來說，男人的價值取決於開什麼車吧。我說男友沒車，她便同情地皺眉說「那不是很慘嗎」。但一陣子後，我說他搬到看得到晴空塔的高樓公寓，結奈便轉爲佩服地說「東京的人收入果然不一樣」。

隔年，結奈搬到東京。她和本來說遲早要結婚的加油站店長好像一下子分了。

結奈對父母說她在人員派遣公司上班，但其實是在中野的夜總會當陪酒小姐。我拚命說服她不要做不敢告訴爸媽的工作，於是她改做電話客服人員、信貸公司的行政、一般店員，現在同時身兼LIVE HOUSE的工作人員和牙醫櫃檯工時人員。這段期間，結奈的男友從網咖店員、技職學校學生到街頭音樂家等，眼花繚亂地一個換過一個，每次換工作、換男友，收入就每況愈下。

最近她還開口向我借錢，說付不出公寓的續租費。十五萬圓我不是拿不出來，但我擔心有一就有二，有二就有三，最後還是拒絕。她好像向和也的父母哭求，請對方出錢，卻埋怨說如果繼續在夜總會當小姐，就不用聽和也的母親酸言酸語。

「可是，感覺姊和我還有和也的生活水平完全不一樣。在我們家，幾乎不會出現一百克一百圓以上的肉。」

「又沒吃多少，也不會貴到哪裡去吧？我不吃肉，妳跟和也吃就好。」

我對著仍然盯著標價貼紙的結奈說，她揚起眉毛轉向我：

「姊該不會又在減肥了吧？都說過好幾次了，妳一點都不胖，就是講不聽耶。妳那種體型，根本沒有必要變瘦啊。和也也說『香奈姊這樣的體型最有女人味，最漂亮』。」

結奈責罵的語氣讓我忍不住垂下頭。她的針織布連身裙底下，伸出兩條孩子般又細又直的腳。我覺得她是在炫耀，忍不住別開目光。

無法說出和男友分手的事，因爲這是我唯一勝過結奈的地方。

不過結奈應該完全沒有要和我較勁的意思。從小動不動就愛拿自己和妹妹比較的人是我。我們姊妹生長在雙薪家庭，沒有其他手足。爲了讓忙碌的父母能夠關注到我，我不斷找機會表現，想要證明自己比結奈更有價值。

結奈比較有運動細胞，可是我的成績比較好喔！

結奈的朋友比較多，可是我讀的書更多，對吧？

但父母會兩個人一起工作請假，幫在運動會接力賽擔任最後一棒的結奈加油。結奈經常模仿學校老師，父母聽得哈哈大笑，但我語帶玩笑地說老師壞話，只會惹來冰冷斥責：不許說那種話！

爲什麼大家都只對結奈好？我到底哪裡跟結奈不一樣？

小時候我不明白，但醒悟的日子終究到來了。被同樣的父母生下來、同樣地被養大，但我在外表上卻遠遜於結奈——我是個胖妞。

「跟結奈比起來，香奈眞是像頭豬。」

祖父就像個鄉下老人家，以完全不知道客氣的口氣說。「才沒這回事。」祖母替我說話，但站在結奈旁邊，差異是一目瞭然。

結奈可愛多了，所以結奈受到尊重。

雖然毫無道理，而且殘酷，但這是連小孩子都能明白的事實。此後面對結奈，我再也擺脫不了自卑感。進入青春期，隨著胸部日漸隆起，我連手臂、大腿和小腹都開始長肉，自卑感更強烈。

結奈上了國中，開始跑田徑，維持著男孩般的體型。一次運動社團的集訓後，結奈和足球隊三年級的學長開始交往。那是我心儀的對象。

從此以後，我好像就幾乎不吃東西了。那時候的事，我記憶模糊，但聽說我把自己搞到下不了床，被母親強迫住院。出院後，我服用抗憂鬱藥，每個月看一次心理醫生，上高中時，體重恢復到原來的數字，原本停掉的月經重新再來了。

在心理醫師的協助下，我能夠正視原本的自我，接受和結奈的不同。考進東京的大學，和家人拉開距離，似乎也帶來正面影響。開始求職時，醫生說我可以不用再繼續看診了。

現在我已經不會再激烈減重，但對於隨著年齡逐漸走樣的身材，並非完全不在意。結奈的體型從青少女時期就沒有變過，她一定不懂這份心情。那時候淒慘的感受又要重回心頭。

「只是夏天太熱，食欲還沒恢復過來。快點，快沒時間了。」

我催促結奈。她正把購物籃裡剩下的茼蒿裝袋，再把塑膠袋揣進連帽裙口袋。自動門一打開，還殘留著白天悶熱的空氣便籠罩全身。

走出站前超市，步行到公寓約五分鐘路程。大門前有個駝背男子，正無所事事地滑著手機。

「不好意思，我早到了。」

男子一看到我們，伸出下巴點了點頭致意。

「我有聽結奈說過，不過這棟公寓好高級啊！我認識的人裡面，沒有一個人住在這種地方。那是所謂的人臉識別對吧？」

和也指著自動門內附螢幕的門鈴，瞪大眼睛，表情誇張地驚訝道。聽說演員不夠的時候，自己也會登臺演出的和也，動作總有些假惺惺。

「建築物本身很舊了，但保全做得很好。聽說我搬進來的前一年，附近發生多起闖空門事件，重新翻修了。再說，我是一個女生獨居嘛。」

進公司第二年，搬出公司宿舍時，愛操心的前輩大力忠告我一定要注意保全，最後我選擇這棟公寓。應該是有效果，都已經住了快十年，從來沒聽說過有外人入侵。

我把臉靠近螢幕，按下認證密碼。和也興致勃勃地觀察著，突然慌忙伸向購物袋說：「不好意思，沒注意到。」他看到放在最上面的茼蒿，表情更不好意思了：

「結奈叫我想吃什麼就點……」

「沒關係啦。壽喜燒只要材料切一切就行了，很簡單。只是我沒想到都九月了還這麼熱。」

搭電梯到五樓，在房門前以相同的步驟解鎖。一開始我覺得麻煩，但習慣之後，不用擔心鑰匙遺失，相當方便。

「裡面很小，請進吧。」

我拿出拖鞋請兩人入內。開窗讓客廳換氣，打開空調。坐在沙發上的和也毛毛躁躁地東張西望，這段期間，我將事先放入冰箱的涼番茄、油漬菇類、紅蘿蔔絲沙拉等迅速端到餐桌上。把預先放進冷凍室的杯子也拿出來後，先倒入啤酒，眾人乾杯。

「香奈姊廚藝很好呢。好羨慕妳男朋友啊。」

可能是肚子很餓，和也忙碌地不停動筷。

「只是把東西切一切拌一拌而已，稱不上廚藝吧？」

「不，都說這種簡單的菜色，反而能看出真本事不是嗎？結奈，跟妳姊姊討教怎麼做菜吧。」

只是紅蘿蔔沙拉而已，卻被誇張稱讚，我有些芒刺在背，望向結奈。結奈也不搭話，吃著番茄。

「我去切東西，你們自便喔。」

我說著，注意到語尾顫抖，自己正在緊張。回到住處，我一次都沒有和結奈對望過。

今天我會把結奈找來，另有目的。儘管提不起勁，但這個問題無法置之不理。

「啊，我來幫忙。」

「菜刀和砧板都只有一個啦。」

我婉拒和也的提議，走向廚房，佯裝若無其事，打開傳眞機臺的抽屜。就像要用自己的身體遮掩一般，從放文具的盒子底下抽出淡綠色的小拉鍊包，捏著包包，猶豫了一下。

我吁了一口氣。這也是爲了結奈好，我非問個水落石出不可。

把拉鍊包放進圍裙口袋，回頭一看，結奈表情僵硬，目不轉睛地看著我。胸口苦悶起來，就好像被一把抓住。我再次深深地吁出一口氣，調整呼吸。

錯不了。**果然是結奈幹的**。

燒熱水準備煮蒟蒻絲。把煎過的豆腐切一切擺盤，旁邊放上劃十字花的香菇。我不停動手，好熬過呼吸困難的感覺。

撕著白菜葉，思考著該怎麼對結奈開口。

——欸，結奈，這裡面的錢是妳拿走的吧？

二

盂蘭盆節連假的隔週，我注意到拉鍊包裡的錢變少了。

我和結奈一起休假回老家，回到東京的那晚，煮了母親要我們帶回來的烏龍麵一起吃。隔天的星期一早上，我打算下班路上順道去超市，正要從拉鍊包裡拿錢，忽然覺得不太對勁。七月底我領了十萬圓，但因爲中間回老家，應該還沒用掉多少錢。

窗戶也沒忘了鎖，當然不可能有人從門口闖進來。除了我以外，進過這個住處的就只有結奈。

「如果是妳拿的，老實承認吧。」

時間已過深夜。結果我什麼都說不出口，送結奈和和也離開後，過了一個小時，門鈴響了。看看螢幕，只有結奈一個人。她說回來拿和也忘了帶走的隨身菸灰缸。我讓她進來，先聲明有重要的事要和她說，把淡綠色的拉鍊包放到地上。

「沒有，我才沒拿呢。」

結奈當下回答。也沒有爲蒙上嫌疑動怒的樣子，大剌剌地笑著。

「我高中後就沒有再從存錢筒裡面拿錢了。都大人了，我才不會幹那種事。是不是妳自己花掉忘記了？要不然，搞不好是眞的遭小偷了。」

「拉鍊包裡的存摺和提款卡都沒有動，就只有錢不見了。七月提的生活費十萬圓，少了五萬圓。這不是會忘記或搞錯的金額，而且這棟公寓是自動鎖，還要刷臉呢，小偷根本進不來。」

能從拉鍊包裡面拿錢的，就只有結奈。而且結奈的話，對於拿走我的東西，應該是毫不手軟。

她從以前就多次從家人的錢包和存錢筒裡偷錢玩樂。就算被抓包，不是鬧脾氣就是耍賴，全不反省，又不斷故態復萌。

最重要的是，結奈人會在這裡，本身就很不自然。和也忘了帶走的物品——而且是隨身菸灰缸這種小東西，值得她特地跑回來拿嗎？她會自己一個人，而且這麼晚跑回來，不就是因爲發現自己遭到懷疑，想要辯解嗎？

「除了妳以外不可能有別人了。」

我說，筆直地看著結奈的眼睛。

「不是姊的男朋友拿的嗎？」

結奈沒有別開目光，迎視回來。被指出我壓根沒想過的可能性，瞬間我語塞了。

「就說除了妳以外，沒有別人進過這裡了。他工作很忙，我們一陣子沒見面了。」

「咦？那妳們一個月都沒見面囉？就算再怎麼忙，這也太不正常了吧？」

「要妳管！」

話題似乎要轉往奇怪的方向，我不耐煩地撩起頭髮。結奈的眼睛瞬間浮現不安。

「再說，他幹麼偷我的錢？他又不是妳，根本不缺錢。欸，妳給我老實說。我不會跟媽告狀，只要妳把錢還來就好了。高中的時候，我不是也這樣放妳一馬了嗎？」

結奈如坐針氈，在膝上的手交握又放開。結奈從以前就這樣，遇上對她不利的事，就三緘其口。即使成了大人，這孩子依舊死性不改。

我已經懶得再浪費唇舌，嘆了一口氣，這時結奈抬頭開口：

「——香奈，**妳又發作了對吧？**」

她一臉嚴肅，瞪也似地看著我。我不懂她在說什麼，呆在原地，結奈上身前傾抓住我的肩膀：

「桌上的這些東西——全都是妳吃掉的對吧？我們回去以後，妳不是立刻就走出公寓嗎？我看到妳進去超市，擔心起來，所以過來看看。」

結奈就像小時候那樣叫我的名字，慢慢地撫摸著我的手臂。

我望向桌子，這才發現上面有東西。

大份量便當和炒麵吃得一乾二淨的容器。只剩下湯汁的杯麵。沾上美乃滋、原本似乎包著三明治的透明塑膠膜。撕破的和揉成一團的巧克力片鋁箔紙。零食包裝袋和麵包塑膠袋各兩個。每一樣都空空如也，但塑膠托盤上留著一個乾掉的壽司卷。

「香奈，之前醫院不是叫妳不可以減肥嗎？明明沒必要變瘦，卻忍耐著不吃，結果就會餓到無意識暴飲暴食。這是一種病。妳居然完全忘記自己吃了這麼多。妳仔細看，妳以爲這麼多食物，要花掉多少錢？因爲這樣，不知不覺間花掉五萬圓，也是理所當然的事啊！」

胸口、胃部都沉重到不行，我無法直起身體，就像要靠上去似地，把身體偎在結奈身上。纖細但柔軟的手臂繞住了我的背。我吐出一口氣，沙啞的呻吟跟著流瀉而出。

「媽也很擔心妳。因爲盂蘭盆節回家的時候，妳幾乎都沒吃飯。媽說妳可能又變成國中那時候了。那時候也是，晚飯妳幾乎沒吃，深夜以後把冰箱的東西挖出來，暴飲暴食。可是妳自己完全不記得，我都被妳嚇到了。」

國中的時候，得知結奈和學長交往，我毫無根據地認定就是因爲我太胖，學長才沒有選擇我。我又重蹈覆轍了嗎？

因爲太胖，男友不肯跟我結婚。這樣想就輕鬆多了。我不願意想還有別的理由，藉此逃避。

「姊，出了什麼事？」

摟住背部的手臂箍得更緊了。語氣強硬，像在質問。

「我會聽妳說，告訴我吧！妳不可能無緣無故變成這樣吧？如果妳遇到什麼難過的事，不要憋在心裡。妳不用一個人承受的。」

我想要說，發出來的卻淨是呻吟。額頭按在結奈單薄的胸上，我像孩子般嚎啕大哭。我什麼也沒說，結奈「嗯、嗯」地應著聲，但聲音漸漸變成哭嗓。我們沒有交談，心靈卻彷彿貼近彼此。

「……今天我留下來過夜。」

我去卸妝——結奈說，害臊地別開哭腫了眼的臉，去盥洗室了。我對著她的背影說出和男友分手的事。

結奈洗完臉，我們一起收拾桌上的垃圾。

「姊實在看不出是會這樣暴飲暴食的人。」

我連包裝上的貼紙、便當裡面的隔板，都分類成塑膠類和可燃垃圾，結奈笑我的一板一眼。被她這麼一說，我應著「確實」，跟著笑了。

收拾乾淨，我們並躺在單人床上入睡。我聽著結奈安靜的鼻息，想了起來。

不久前，我也像今天這樣買回一大堆食物，暴飲暴食。

是盂蘭盆節前一週的事。那天公司有聚餐，面對許多令人垂涎三尺的食物，我卻忍住不吃。深夜我無意識地衝進超市大買特買，吃完後收拾殘局，又把記憶封印起來。

「妳怎麼會垃圾分類得這麼細啊？」

但那時候我不是一個人。碰巧在超市前遇到，那個人和我一起回來……

除了結奈以外，還有另一個人進過這個住處。

三

「不好意思喔，上次要妳配合說詞。萬一被結奈知道，她絕對會發飆。別看她那樣，醋罈子超深的。」

對方一點內疚的樣子都沒有，淡淡地笑著，將啤酒杯端到口邊。

約在住家附近怕會被人看到，我選擇了只有兩年前和男友來過一次的市區家庭餐廳碰面。我選在白天找他出來，是爲了一談完就可以結束散會，但他應該覺得既然是我邀的，就該我買單吧。和也拐彎抹角地說了句「那，不好意思，我就不客氣了」，點了生啤酒和漢堡排全餐。

他這天也一樣饑腸轆轆嗎？我點的沙拉都還沒吃完，他已經秋風掃落葉似地吃光漢堡排，配著附餐的薯條，喝起第二杯啤酒。他單方面地聊了一會天氣和最近發生的新聞，還有他曾經和現在的人氣影星一起共事過等話題，但食物大概都吃完後，便放低了頭，壓低嗓音，密談似地說：

「說妳讓我進去住處，我們也只是一起吃飯而已，沒做什麼不可告人的事。不要製造多餘的火種，對彼此都不方便嘛。」

他用手背揩去嘴邊根本沒沾上的啤酒泡沫。舉手投足都像三流電視劇，甚至讓人好奇起來：到底要怎麼樣，才能有這樣的舉止？之前，我也是懷著相同的感受，看著在桌子對面進食的和也。

「租來當練習場地的攝影室在隔壁站，但那家超市晚上也有很多便當可以選，所以我偶爾會去。我聽說妳住在那附近，沒想到會遇到妳。雖然對妳加班的男友過意不去，不過托妳的福，省下了一餐飯錢。」

當時我拎著多出一人份的便當和麵包、熟食走出超市，意外碰上妹妹的男友，驚慌失措。居然被熟人撞見這副模樣。

我狼狽萬分，同時自責爲什麼要做出見不得人的事？

難看死了。世上有些人處在飢餓當中，我卻這樣暴飲暴食，簡直爛透了。我要被罪惡感壓垮，同時思考該如何粉飾太平。

然後我邀和也去自己的住處。因爲我覺得一起吃的話，可以減輕罪惡感。
我都買了我男友的份，但接到簡訊說他加班不能回來。
我拿著手機苦笑地說。我自己才像是三流電視劇的人。
和也毫不抗拒地跟著我回住處。打開買來的食物包裝，在桌上鋪排開來，將罐裝啤酒直接遞給他，他便像等到飼料的狗一樣開心極了。
和也一邊吃著，同時說個不停，就好像說話是他的工作。最近的氣候異常、政治批判。他眼神虛無地談論對表現自由受到打壓的憤怒。
我應和著他那些空洞的話，吃著空洞的食物。不管再怎麼吃都吃不飽。如果吃到難受，就去廁所吐掉，再回來吃就行了。就像那時候總是在做的。
「別看我這樣，我也是觀察入微的。結奈對香奈姊有很強的競爭意識對吧？」
和也的話打斷了我的回想。
我在腦中反芻他的話。結奈？對我？不是相反嗎？
「看起來不像。」
我盯著沙拉喃喃道，免得被看出驚訝。
「不，她跟我在一起的時候，動不動就提到妳，像是：姊姊跟我哪一邊才是怎麼樣。她說從小開始，就是香奈姊比較會讀書，又乖巧能幹，每次都只有香奈姊被稱讚。」

確實我也是被稱讚過，但受寵的向來都是結奈，不是嗎？

「之前我稱讚說香奈姊很性感，她居然整個星期都不跟我說話耶。上次我稱讚妳廚藝好，她不是也很不高興嗎？要是其他女性朋友，她就不會這樣，在結奈心中，香奈姊果然是特別的。」

我說不出話。結奈居然這樣想？我們一直在一起，我卻絲毫沒有發現。那麼，結奈是懷著什麼樣的心情稱讚我男友的？

我陷入茫然，這時和也說了更讓人驚訝的事：

「不過，往後她應該也不會像這樣瞎操心了吧。畢竟就要結婚了嘛。」

「──結婚？你跟結奈嗎？」

我整個人混亂，好不容易才開口。

「其他還有誰？」和也笑道。「結奈說她自己會跟香奈姊說，我還以為妳已經知道了。說來丟臉，是奉子成婚。我媽很嚴格，我們兩個被她狠狠地罵了一頓──應該是爲了報復吧，結奈眞的很過分喔，她到處跟我身邊的人說因爲我沒錢讓她墮胎，她才跟我結婚。還說什麼要是她有十五萬，就不會跟我結婚了。每個人都覺得超好笑，可是這不是太過分了嗎？」

和也說得眉開眼笑，就像在放閃，但我的表情應該僵住了。

十五萬──結奈之前向我借錢，也是這個金額。她說要付公寓的續約金，但我拒絕了。她說害她只好向和也的父母哭求，惹來一頓酸言酸語。

「呃，什麼時候發現懷孕的？」

我一邊問，一邊若無其事地查看之前的簡訊。結奈那則「姊，我想拜託妳一件事」的簡訊，是七月中旬傳來的。

「大概七月底吧。後來她說要回群馬老家，我送她去車站，還特別叮嚀她路上要小心。」

那麼，結奈向和也身邊的人說的話，就不是玩笑話了。結奈想要和我借錢去打胎。但因爲我拒絕了——

「當然，我一知道她懷孕，就馬上就叫她生下來。這可是老天爺賜給我們的小生命，怎麼可以墮掉呢？」

看到自豪地抬頭挺胸的和也，胃液湧上心頭。

以結果來說，結奈沒有墮胎，選擇了生下孩子。就算我拒絕借錢，結奈也不可能就沒有別人可以借。她是在還有選擇的情況下，決定要生下孩子，與和也結婚的。

但如果我答應借錢，或許結奈就不會選擇生子。而這個男人完全不知道結奈的內心糾葛，樂天地相信他能讓結奈幸福。明明連生養孩子的錢都賺不到。

我用冷靜的腦袋，認識到在心底激盪的強烈憤怒。這不是別人該說三道四的問題。不是有收入就保證幸福，更重要的是，這是結奈決定的事。

我是想要透過責備和也來逃避什麼嗎？

我拚命避免深思。繼續看著和也的臉讓我痛苦。

雖然不認爲這種人有辦法拿別人的錢，但爲了愼重起見，我還是從皮包裡取出拉鍊包，問他有沒有印象。

「我忘記帶走的應該就只有隨身菸灰缸。而且那包包是女生的吧？」

和也一臉訝異地回答。看起來不像在撒謊。

「我可以要收據嗎？我想既然要結婚，就不能再遊手好閒下去，所以和舞台劇夥伴開了家戲劇方面的公司。我打算努力推銷我們的劇團，多接一點電視劇和電影的工作。雖然上軌道之前，應該會很辛苦。」

把這些餐飲費拿去報帳，好像可以節稅——和也說，讓我付錢，只拿走收據。我已經懶得說什麼了。

離開餐廳，和和也道別後，我走向車站後面。非現在過去不可。我懷著覺悟前進。

兩年前，只和他一起走過一次的巷弄。

幾間小酒吧、傳統理髮店。並排著莫名低矮的長凳的投幣式洗衣店。拉下生鏽鐵門的舶來品店。好像白天就開始營業的卡拉ＯＫ小吃店，隱約傳出合唱老歌的聲音。

應該和他一起看過的這些景色，我卻毫無印象。記憶中只留下油膩的柏油路色澤，我發現那天我一直低著頭走路。

抬頭望去。爬滿藤蔓的陰暗磚牆。那棟二樓建築物。模糊的窗戶裡，清潔得格格不入的白色窗簾搖晃著。

我就是在這家產院，墮掉了和他的孩子。

四

我一直作著自我欺騙的美夢，把難說萬全的避孕，解讀爲他有結婚的念頭。太傻了。然後發生了不可挽回的事，我做出了不可挽回的選擇。

他說的「現在沒辦法」，我說服自己是指以後終有一日，我可以生下他的孩子。一個人生下孩子，代表和他的關係破裂。比起肚子裡的生命，更重要的是不能失去眼前這個男人。

手術隔天，看到他看我的眼神變了，我後悔了。那是恐懼、嫌惡的眼神。他開始避免正眼瞧我，就彷彿我就是他的罪惡的化身。這人怎麼這麼自私？我氣憤、悲傷，卻已束手無策。

我開始夜不成眠。開始突然淚流不止。如果能夠向誰吐露，或許就可以輕鬆了。但我說不出口。對於一個墮胎的女人，只有同樣經歷的過來人，才不會輕蔑吧。

「只要妳立下覺悟，應該可以把孩子生下來」、「怎麼這麼隨便」、「劊子手」——

我害怕受責難，三緘其口，壓抑內心，免得心情波瀾大作。

結奈要結婚了。決定保住的孩子，將會誕生在世上。

而我墮胎了。我不顧一切，求他和我結婚，卻遭到拒絕。我無法克制地暴飲暴食，變得又醜又肥，明明是自己花掉的錢，卻嚷嚷著被人偷了。

不管怎麼掙扎，結奈和我之間的差距都不可能填補。

手機的來電鈴聲讓我回過神。

不知不覺，我人在公寓房間。我不記得自己怎麼從那裡回來。桌上丟著冷凍焗烤和煎餃的包裝袋、速食炒麵的空盒、粗魯地撕開的飯糰包裝紙、好像本來裝著炸章魚的碟子、兩個麵包袋，地上掉著咬了幾口的魚肉腸。應該吐過一次了，吃了這麼多，肚子卻不覺得撐。

手機響個不停。畫面顯示結奈的名字。按下通話鍵，傳來怒吼般的聲音。我用發昏的腦袋努力聽清楚她在說什麼。

「妳們兩個居然偷偷摸摸見面！」

結奈似乎是從和也帶回去報帳的收據，發現他和我見面的事。

「妳以爲我什麼都不知道？妳這個賤人——」

我沒聽到最後，就切掉了電源。結奈不可能知道，我卻害怕極了。我本來想直接把手機甩出去，手卻整個僵硬，無法放手。手機發出鈍重的「叩」一聲，掉到腳邊。

不想被罵。不想被討厭。

我把臉埋進膝頭，抱住自己似地縮成了一團。

我沉浸在不被允許的幻想中。如果這雙臂膀中，有著嬌小溫暖的人兒。散發出甜膩的奶香、惹人憐愛、我無緣摟抱在懷裡的人兒。

我想去他那裡。

我伸手，打開傳眞機最底下的抽屜。醫生說已經不用繼續服用，剩下來的抗憂鬱藥。我沒有丟掉，一直留著。

我不想把客廳搞得一塌糊塗，讓清理的人辛苦，所以到浴室。

我一顆顆數著藥丸，用啤酒沖進喉嚨裡。因爲平常不太喝酒，醉意一下子就上來了。天花板看起來正緩緩下降。呼吸困難。好噁心。但現在不能吐出來。

當手上的鋁箔包裝空掉的時候，我甚至坐不直。我躺在浴室地上，用手摀住嘴巴。手機又響了，我不是關機了嗎？即使想看那裡，頭也沉得抬不起來。

氣溫這麼低，瀏海卻被汗水貼在額頭上。我害怕起來，睜著眼睛，卻無法認清看到了什麼。視野緩慢縮小，逐漸轉暗。

五

「怎麼會做出這種傻事？」

黑暗中傳來母親的聲音。

「居然讓必須保重身體的結奈這樣亂來。萬一出了什麼事，那就不得了了。和也也是，太謝謝你了。」

鼻周似乎被什麼東西蓋住了，不停地聞到橡膠般的氣味。右肘內側隱隱作痛。

「我只是叫了救護車，是和也讓姊把藥吐出來的。」

「啊，總之保住一命，眞的太好了。因爲發現得早……」

結奈和和也好像也在。從對話內容，我得知自己被結奈和和也救了一命，送到醫院。

「別把懷孕想得太簡單。在進入穩定期以前，都得非常小心的。」

對母親來說，比起我這種蠢女兒，結奈肚子裡的生命更重要。

我聽見年輕的女聲說「打擾了」。手腕有東西觸碰、拉扯皮膚的感覺。遠處，母親和年長的男人低聲說話。我只聽得出「現在還不能說什麼」。

疑似護士和醫師的人離開後，母親和結奈、和也仍沒有交談。即使看不見，皮膚也能感受到沉重的氣氛。我聽見布料不停磨擦的細微聲響，是有人在抖腳嗎？

「可是，你們是怎麼進香奈家的？」

母親似乎承受不了沉默，開口問道。

我也從剛才就很納悶這一點。公寓沒有警衛駐守，而我倒在浴室無法動彈。即使門鈴響了，也不可能去開鎖。

「怎麼進去的喔——當然是結奈開門的啊。」

和也的聲調平坦，就像在說理所當然的事。

「那，是香奈有給妳鑰匙嗎？」

「沒有，她住的公寓沒有鑰匙——媽知道臉部辨識嗎？」

母親應該是歪頭不解。和也發出低吟聲，像在苦思該如何解釋。

「——就刷臉嘛。」

結奈的聲音說。

「對對對。」和也附和。「如果是最新型的機器，聽說連同卵雙胞胎都能分辨出來，幸好那是舊型的。因爲結奈和香奈很像，所以才能過關吧。」

我聽著和也的話，想起每天早上在洗臉臺的鏡中看到的自己的臉。

明明又肥又醜，每個人卻都說我一點都不胖。說可愛的結奈和我長得一模一樣。

「連機器都被騙過去，雙胞胎果然長一樣呢。可是妳們兩個個性眞是天差地遠——天哪，都這麼晚了。」

我聽到椅腳在地板磨擦的聲音，應該是有人慌忙站起來。

「傍晚高速公路容易塞車，我差不多要回去了，你們兩個也早點回去喔。一直待在這種地方，會累到的。要好好坐計程車回去喔。喏，拜拜。」

接著是窸窸窣窣的說話聲，以及和也惶恐地道謝的聲音。關門聲後，房間安靜下來。

結奈能打開我的房間門鎖。

我覺得這一點似乎很重要，但腦袋一片混濁，就像被亂攪一通，我無法更進一步深思。

＊

「車子頭期款至少也該自己付吧？」

淺眠之中，有人在說話。

「有什麼關係？我這麼窮，香奈很有錢嘛。而且她還想打人家男朋友主意耶？小孩子生下來後，沒車怎麼行？」

結奈的聲音。聽起來像在生氣，我擔心起來。

「我怎麼可能喜歡她那款的？狂吃狂喝之後，居然一板一眼做垃圾分類，我全身都毛起來了。感覺她連保險套的包裝跟用過的保險套都會分開來丟。」

「吼，不要說那種話啦。」

雖然不知道他們在說什麼，但結奈的聲音聽起來很開心，我鬆了一口氣。

「咦？香奈在笑？」

「眞假？被她聽到了嗎？」

結奈的聲音近在身旁。我努力想撐起沉重的身體。

然而怎麼也無法動彈。

一定是因爲我胖成這樣的關係。

繪馬的寬恕

一

抓起在枕邊震動的手機，關掉鬧鈴。原本正在作夢，腦袋深處柔軟曖昧的觸感逐漸被驅離。

小心翼翼鑽出被子，免得吵鬧睡在雙人床旁的丈夫。腳底貼到地板，寒意隔著襪子爬上身體。我縮著身子前往客廳。

冬至過去已經快一個月了，天亮的時間卻一點都沒有變早。六點前起床看出去，公寓窗外一片漆黑。依稀傳來烏鴉啼叫的聲音。今天是丟可燃垃圾的日子。

打開空調和加濕器開關，煮熱水。在沖得很淡的咖啡裡加入滿滿的砂糖，再倒入微波爐加熱的牛奶。擦拭餐桌，打開楓花的房門。

「楓花，起床了。」

楓花用被子把頭整個蒙住，我輕拍應該是肩膀的隆起部位。緊鄰床邊的書桌上，攤放著昨晚專注解題的圖形問題講義。好像還自己批改過了，上面自豪地畫了個大大的紅圈。

楓花從被窩裡探出半張臉，手摸索地伸向床頭板。摸到擺在固定位置的眼鏡抓起來後，總算撐起身體。水藍色的睡衣肩上，爲了畢業典禮留長的烏黑細髮左右亂翹。

她帶著哈欠喃喃道早，慢吞吞戴上眼鏡。五年級春天配的紅框眼鏡，非常適合膚色白皙的楓花。

「今天要讀漢字對吧？」

我看看貼在書桌前的計畫表說。每隔兩週，我會和楓花一起安排進度，規劃早上六點到七點，還有晚上補習回來的九點到十點半，要讀哪一個科目。

「嗯，我知道。今天好冷喔。」

我把掛在椅子上的厚刷毛連帽衣遞給楓花。

「客廳已經開暖氣了。咖啡歐蕾也泡好了。」

楓花在餐桌上攤開漢字教科書，開始讀早上的功課。我則進入廚房開始煮飯。安靜的住處裡，只有鉛筆和菜刀的聲音作響。

是婆婆提議楓花考國中的。

楓花剛升上四年級的黃金週，婆婆從丈夫老家的群馬，來訪我們一家居住的橫濱。我們帶她去中華街吃飯，陪她去鎌倉觀光，幾天過去，就在即將回去的前一天，婆婆突然開口：

「聽說橫濱的公立國中水準很差。電視上說有很多霸凌和拒絕上學的學生，楓花的將來，你們有好好考慮過嗎？」

丈夫和我都是公立國中畢業，而且楓花就讀的小學，聽說一班只有一兩個學生要考國中。我們完全沒有想過要讓楓花讀私立中學。

丈夫還有一個哥哥，兄嫂住在群馬高崎的老家附近。我聽大嫂埋怨過，舉凡教育方式等家中大小事，婆婆都要干涉。婆婆長年都是家庭主婦，掌管家中一切，覺得凡事都該照自己的意思做，對兒子的家庭，似乎也是相同的心態。

楓花上小學那年買的這戶公寓，我們事先調查過學區的學校，認爲這裡當孩子的成長環境，無可挑剔，夫妻討論之後才決定的。所以丈夫說沒必要考私中，但婆婆不接受。她背著我和丈夫，灌輸楓花私立中學的制服很可愛、很多社團等等，終於成功讓楓花主動提出想要考私中。

「只有一題我不會。『陶醉』我想不出來。」

楓花放下鉛筆，回頭看廚房說。看看時鐘，已經快六點十五分了。

「只有一題不會，那很厲害耶。還有時間，可以再做幾頁。」

「嗯。妳在做便當？」

「對，今天的班到三點。」

我一邊應著，一邊將平底鍋裡的照燒鰤魚裹上醬汁。

自從楓花決定考私中，我增加了上班的看護機構廚房助理工作天數。考慮到上私中的學費，我希望收入再增加一些，但現在必須花時間準備楓花帶去補習班的便當，還有接送，因此無法做全時工作。只能利用零碎時間當工時人員。

「好香喔。肚子餓了。」

「要吃一點當早餐嗎？」

「不用，我要當成晚上的驚喜。」

由於身邊沒有其他要考私中的孩子，一開始要讓楓花帶便當去補習班，我覺得很抗拒。因爲我覺得小學生居然沒辦法和家人一起共進晚餐，實在太可憐。

但是對於準備考私中的孩子們來說，這是理所當然。楓花說，和朋友邊吃便當邊聊天很快樂。我心想既然如此，就要讓楓花打開便當盒時能感到開心，盡量親手做她愛吃的菜，放進便當裡。冰箱裡隨時準備了炒牛蒡絲和燉蘿蔔乾絲、燙花椰菜和波菜這些只需要盛裝即可的配菜。

將完成的照燒鰤魚移到盤子上，清洗平底鍋，接著開始準備早餐。將培根和洋蔥切絲炒過，攪拌蛋液。

「要吃飯還是吐司？今天做歐姆蛋。」

「吐司。我要玉米濃湯。」

楓花眼睛盯著題庫本應道。我從好幾種類的速食湯包裡挑出玉米濃湯口味的袋子。再次看時鐘。六點半。現在烤吐司還太早，我決定先去丟垃圾。

我四處收拾廚房廚餘、客廳、楓花房間和主臥室的垃圾桶，將垃圾打包好。即使開關門，丈夫也沒被吵醒。昨晚他十一點多回來後，就在客廳邊看電視邊喝啤酒，熬夜到很晚。

丈夫是電子零件廠商的技術人員，平日都要加班，因此晚飯都趁工作的空檔，吃超商便當或外食，然後再回家。全家人可以一起用餐，就只有週末的時候。

外面的天色已經頗爲明亮。我沿著走廊朝電梯走，望向矮牆外。連綿的烏雲底下，是淡紫色的天空及在初升陽光照耀下，散發白色光輝的成群大樓。吸進冰冷的空氣，鼻子深處一陣痠痛。

距離考試當天，已經不到兩週。

楓花第一志願的私中，是偏差值（註）五十八的男女共學中學。雖然不是最難考的一間，但水準似乎仍在所謂的難關學校。上個月上旬參加的最後一場模擬考成績是B，勉強落在上榜邊緣。

這兩年半以來，我一直陪在楓花的身邊，看著她的努力。

她在四年級的暑假決定考私中，開始上升學補習班。楓花小學算是成績優秀的，但補習班出的考題，和學校測驗的品質天差地遠，一開始楓花連平均分數都拿不到，讓她自信心大爲受挫。但楓花沒有說要放棄。她埋首苦讀，對著補習班發下來的大量考題挑燈夜戰，下課也留下來向

註：偏差值爲日本計算學力程度的方式，顯示個人分數與團體平均分數間的差距。排名中間的學生偏差值爲五〇，愈高表示排名愈前面。

老師請教。

楓花個性文靜，不喜歡和別人競爭，看到她如此認眞投入，我相當吃驚。就連原本不擅長的算數，也在孜孜不倦的努力下，在班上拿到前幾名的好成績。

她都努力到這種地步，希望無論如何能夠考上。我能夠做的，就只有爲她加油打氣。更因此我認爲非全力支持楓花不可。

緩緩地將累積在胸口的氣吐出來，踏進電梯，趕往垃圾集中處。

和楓花兩個人用完早餐，在十分鐘後的七點半整叫醒丈夫。

如果早個三十分鐘起床，就可以全家一起用早餐，準備和收拾也可以一次解決，但丈夫不喜歡自己的節奏被打亂。他只比我大一歲，說不睡到這個時間，就沒辦法消除疲勞。

「爸，早。我去學校了。」

楓花一如往常，向盥洗室裡刮鬍子的丈夫道別，前往玄關。隔著鏡子的道早，是父女平日唯一的交流。

「路上小心。回家以後吃點心，準備去補習班，等媽回來載喔。」

「知道。今天第六堂是社團活動，搞不好我會比較晚回家。」

我聽著玄關門關上的聲音，沖泡丈夫的咖啡。打開烤箱，取出烤好的吐司。

「楓花還在上學嗎？」

在餐桌旁坐下的丈夫臉對著電視喃喃道。那口氣像在自言自語，讓我瞬間遲疑該不該應話？

「什麼叫還在上學？」我反問。

「大考前不是都會請假嗎？課長的兒子那時候，說他從過年就一直在家念書。」

我忍不住嘆氣。楓花上的補習班，說為了避免學生在考試前不必要的緊張，最好盡量讓他們照常上學。這件事我應該已經說過好幾遍了，但丈夫應該沒聽進去吧。丈夫經常這樣。

我把補習班老師說的話再一次告訴丈夫。丈夫還是一樣對著電視機，看也不看我這裡。後腦勺的頭髮翹得亂七八糟，連這種地方也莫名讓人心煩。

「要是這樣沒關係，那就繼續上學，可是一般不是都會請假嗎？要是呆呆地照著補習班老師的話做，結果其他學生都請假備考，那不是就輸人一截了嗎？」

「呆呆地」這個字眼，戳得我面紅耳赤。什麼貢獻都沒有，憑什麼大放厥詞？

雖然聽從婆婆的意思，讓楓花考私中，但這件事造成的負擔，絕大部分都是我在承擔。楓花也減少和朋友相處的時間，拚命用功。

對於這樣的我和楓花，丈夫幾乎沒有伸出半點援手，就只會出一張嘴。

他說接送小孩去補習班太寵小孩，我解釋說補習班交通不便，離公車站很遠，他遲遲不肯認同。偶爾在家，有時還會突然命令正在用功的楓花拿批改過的考卷給他看，訓起話來，說這種分數根本考不上。

爲了考私中的事，我和丈夫多次發生爭執，也曾經忍不住吼他，叫他少在那裡亂插嘴。但現在我漸漸把丈夫的話當成耳邊風。心如止水地面對他毫不客氣的意見，是爲了楓花而做的努力。

爲了讓楓花能夠靜下心來念書，維持家中氣氛平靜，也是我的職責，所以我再也不把對丈夫的不滿表現出來。對丈夫說話時，我刻意裝出明亮的聲音，揚起嘴角對他說話。

「是啊。那我會問問楓花她們補習班的其他同學有沒有請假。」

我不打算讓楓花請假在家念書，但如此回應丈夫。丈夫一次也沒有回頭看嘴角上揚的我的臉。

丈夫出門上班，我晾好衣物，整理儀容準備上班，這時客廳的電話響了。還不到九點，以推銷電話來說，時間太早了。楓花在學校出了什麼事嗎？

「啊，聰美，是我，梨沙。」

話筒另一頭傳來的聲音，伴隨著痛苦勾起我許久不曾想起的記憶。婚前拜訪丈夫的老家時，她以挑釁的眼神居高臨下看我。我早已立下決心，絕對不會原諒這女人。

「怎麼突然打來？我要去上班了，沒時間講電話。」

我聲音沙啞，勉強擠出這些話。我跟梨沙沒什麼好說的。我就要放下話筒。

「咦？秀雄什麼都沒跟妳說嗎？」

聽到那驚訝的語氣，手停住了。

怎麼會冒出丈夫的名字？丈夫說他不會再連絡梨沙了。他已經答應過我了。

「不好意思，我得出門了，我要掛了。」

不能再繼續跟她說下去。不知道是出於憤怒還是恐懼，膝蓋微微顫抖。

「等一下，這件事也得告訴妳一聲才行。」

從耳邊拿開的話筒，傳來梨沙尖高的聲音：

「我懷孕了。」

二

我一面仔細沖洗，一面檢查高麗菜葉有沒有蟲蛀的痕跡。塑膠手套很薄，冰冷的水逐漸把手指凍得麻木。

「小聰，洗完高麗菜可以請妳把紅蘿蔔切絲嗎？」

對面洗牛蒡的同事手不停歇地招呼說。「好！」我應道，將甩去水分的高麗菜放進瀝水籃。

看護機構的廚房助理工作，是楓花上小學二年級時，在她同學的母親邀約下開始的。時間是早上九點到下午三點的六小時，中間有四十分鐘午休。受雇的都是與我年紀相仿的母親，我們已經一起共事近五年，因此彼此不需要客氣，心情上頗爲輕鬆。

把高麗菜端到調理臺，開始削大鉢裡堆積如山的紅蘿蔔。以相同的節奏動著手，腦袋便會開始茫茫然地混濁起來，煩惱、痛苦都變得模糊不清。平常總是這樣的。然而今早梨沙的電話，卻帶著清晰銳利的輪廓占據心頭。每次想起，痛苦的感情便不斷膨脹，幾乎破裂。

梨沙是丈夫秀雄的表妹，是婆婆的手足女兒。梨沙小丈夫七歲，沒有結婚。第一次見到她，應該是十幾年前的事了嗎？婚前去丈夫老家打招呼時，她就在那裡，一副自家人模樣。她和丈夫、婆婆一樣，膚色白晰，個子挺拔。

「秀雄的女朋友是不是有點臭屁啊？人家特地來看她，她卻一副狗眼看人低的態度。」

我在客廳，和丈夫及未來的公公三個人說話，這時廚房傳來梨沙的大嗓門聲。婆婆怎麼回答，我沒有聽到。我忍不住看向坐在一旁的丈夫，但他滑著手機，就像在躲避我的視線。

公公打圓場地苦笑說：「梨沙就是被慣壞了。」

公公說，梨沙因爲彼此家住得近，和丈夫秀雄兩個人就像青梅竹馬。據說在當地技職學校讀設計的她，一得知長年往來的表哥帶女朋友回家，便說要共襄盛舉，事前沒知會一聲就跑來了。

對於親戚的未婚妻，故意說給人聽地大聲說壞話，而且還說大她六歲的我臭屁。就算撇開她是還未出社會的學生，這樣的舉動也實在太幼稚、太愚蠢、太刻薄了。

不能傷害別人、不能給別人添麻煩。然而梨沙連這天經地義的事情都做不到，讓我唾棄。我決定結婚後，也要盡全力和她保持距離。

接著過了幾年，我們夫妻和梨沙之間，發生了**某件決定性的事**。從此以後，我沒有再見過梨沙，也沒有和她連絡，並要丈夫保證這麼做。此後我只會極偶爾地透過婆婆得知她的近況。

婆婆透露，梨沙從技職學校畢業，進關西一家內衣公司上班，但現在好像回去故鄉群馬了。早上的電話，她說是從老家打來。還說最近會到橫濱來，和我還有丈夫三個人談談……

我沒聽到最後就把電話掛斷了，但一想到她可能在楓花在家的時候打來，便忐忑不安。我交代過楓花，除了登記在電話通訊錄裡的號碼以外，其他電話都不要接，但難保梨沙不會在答錄機留下多餘的留言。

不管怎麼樣，絕對不能讓楓花得知梨沙的事。

我必須保護好楓花，讓她無憂無慮地參加考試。

爲了這個目的，首先須知道梨沙眞正的目的。

如果她想要破壞我們的家庭，不管使出任何手段，我都要阻止。我如此下定決心。

工作結束回家，已經下午三點半。楓花剛好揹著書包正在洗手。這個時期絕對不能生病。我也會提醒她，要她落實一回家立刻漱口洗手。

「點心可以在車上吃嗎？我想早點去補習班自習。」

「好。我裝一下便當，妳準備出門。」

電鍋已經預先定時，讓白飯在這個時間煮好。我從冰箱取出早上做好的配菜，用微波爐加熱。雖然吃的時候早就涼了，但我總覺得加熱再裝進便當會比較好吃。

但如果太熱，盒蓋會凝結出水滴，所以只能稍微加溫，維持在不冒蒸氣的溫度。我一面調整微波爐的旋鈕，一面想到自己做的每一件事真的都微不足道，好笑起來。

用便當盒巾把裝好的便當包起來，望向客廳的電話。好像沒有來電留言。楓花揹著補習班的書包，挑選廚房櫃子裡的點心。

「久等了。我們走吧。天氣很冷，要穿羽絨外套喔。」

我把便當遞給楓花，一起走出家門。公寓是平面停車場，車子有點容易髒，但趕著出門的時候很方便。

楓花上的補習班在站前，從公寓開車約十分鐘車程。補習班前面形成接送的車龍，但補習班請家長不要在路邊停車，所以我把車停在稍遠處的車站圓環。即使許多家長都不遵守規矩，我還是不想給別人造成麻煩。

「那放學時媽也在這裡等妳。八點半就會到了。」

「好。那我走了。」

楓花匆匆忙忙地把補習班書包搭到肩上，抓起裝便當的包巾，走下人行道。我回頭目不轉睛地看著快步走向補習班的嬌小背影。

四年級的時候，她的背影幾乎整個被雙肩背包型的補習班書包遮住，但現在身高只和我差了十公分，體型漸漸成熟起來。看著她面對書桌的專注臉龐，成長的速度之快，讓人有些寂寞。

解除手煞車，打到D檔。方向盤往右轉，繞過圓環，來到大馬路。

下班車潮開始了，回程馬路很塞。車子在國道上龜速前進，花了比去程多兩倍的時間。我盯著前方車輛的煞車燈，腦中一隅盤算著梨沙的問題該如何處置。

其實應該讓丈夫處理。

但現在對楓花來說，是最重要的時期。不能把丈夫推上火線，給梨沙可乘之機。

最重要的是，都演變成這種狀況了，卻完全沒有告訴我一聲，我已經無法相信丈夫。難道他以爲自己一個人就能搞定嗎？

也許丈夫是爲了保護我和楓花，所以默不作聲，但我不懂丈夫的心情。這要是以前的我，就能開口質問丈夫在想什麼嗎？

我出社會第二年認識丈夫。

在朋友介紹下認識的丈夫很文靜，不太主動說話。我們總是加上幾個朋友一起見面，但某天其他人有事無法到場，我們在居酒屋只剩下兩人。我心想悶不吭聲場面太尷尬，體貼地主動攀談。

最近有什麼好玩的事？

你在哪裡出生、如何成長？

原以爲沉默寡言的丈夫，每當我提出一個問題，便以十倍的量詳細回答。他的口吻很平靜，嗓音很悅耳，明明沒說什麼，時間卻不知不覺間過去。明明沒聽到什麼特別的內容，卻不知爲何，覺得他對我說了非常重要的事。

後來我們開始單獨碰面。是他主動提出交往。也是他要求想要永遠和我在一起的。那個時候，他告訴我好多的事，給了我好多的東西。

但自從和梨沙有了那件事後，丈夫再也不看我，也不告訴我任何重要的事了。

我認爲一定是罪惡感作祟。

我和丈夫並非沒有對話。假日他有時也會幫忙家務，或幫忙看楓花的功課。會對考私中的事意見一堆，也是因爲擔心楓花。

他從來沒有暴力行爲，也沒有賭博、借錢這類壞毛病。

只是丈夫再也不看我，也不說出他的感受、他的想法了。只是這樣而已。

然後我也同樣地不再向丈夫徵詢重要的事了。

因爲我害怕受傷害，所以用一些無聊小事，不斷填補和丈夫之間的空隙。

和丈夫在一起，我就會陷入比一個人還要孤獨的感覺。丈夫也有相同的感受嗎？

抵達公寓，打開玄關門，住處一片冰冷。褐色的書包就那樣丟在盥洗室裡。

不能指望丈夫。楓花要由我來保護。

如果要做出了結，最好速戰速決。

我走向客廳，按出電話的來電紀錄。

三

「我說我要過去妳們那裡談啦。」

梨沙再次提出相同的說詞。我揉著太陽穴，望向壁鐘。婆婆送的喬遷禮，以小紅帽爲主題的機關壁鐘，指針即將指向下午五點。

「要談的話，電話裡就可以談吧？妳已經答應過不再見面的。」

「現在跟那時候狀況又不一樣。我不是說了嗎？我懷孕了。」

她以爲這樣說，我就會任她予取予求嗎？

「所以更不能讓妳來。剛發現懷孕的時候，不是要特別小心身體嗎？我現在也沒空管別的事，總之晚一點再說。」

「沒時間了啦！」

梨沙打斷我，幾乎尖叫地說。那股狠勁讓我忍不住瑟縮了一下。

「我沒辦法決定要生下來還是要打掉，所以才要找你們商量啊！」

梨沙咬牙切齒地說。我茫然地玩味這句話的意思。

梨沙懷孕這件事，我一直覺得是距離遙遠、與自己無關的事。或許這是我的願望。

胸口就像窒息似難受極了。我淺淺地喘著氣，回望熟悉的客廳。淡綠色的沙發、摩洛哥花紋的地毯。早上靠在牆上沒收的拖把。

梨沙這個人滲透了我們生活的這個家，逐漸增加質量，如羊水般充斥這個空間。我想像起這種不可能的光景，害怕得閉上了眼睛。

「我在醫院問過，說如果要動手術，愈快愈好。說如果不生的話，這週就要決定。」

「如果、我們說、不想要妳生的話，妳就會、動手術嗎？」

嘴巴裡整個乾掉，話變得斷斷續續。梨沙好半晌沒有回話。我用汗濕的手重新握緊話筒。

「如果能夠，我想要生，但我知道我沒有這個權利。」

梨沙語氣僵硬，就像在拚命掩蓋感情。

「可是，這件事我想面對面談。後天星期五我會過去那邊，拜託。」

梨沙不等我回話，掛了電話。我無法動彈，使勁動腦。

週五小學只上六小時的課，補習班應該到七點半。有辦法在楓花放學回來前，和梨沙談判結束嗎？一片陰暗的房間裡，我注意到外線的燈號亮著，總算放下了話筒。

冷不防地，背後竄過一陣冷顫。到家以後還沒有開暖氣。我抓起桌上的遙控器，打開空調，虛脫地在餐椅坐下來。

我所珍惜的事物，可能被梨沙毀了。

日復一日，我爲了家人，排除各種小問題。

我不傷害任何人、不給任何人添麻煩。因爲我能做到的就只有這樣。

期待著做好分內事，就能得到幸福。

然而我花上十幾年累積起來的事物沒有價值。是白費工夫。

身爲妻子，我和丈夫貌合神離，身爲母親，我也無法保護好孩子。我徹底認識到自己只是個淒慘的女人。

雙手摀住了嘴巴，哭聲卻遏止不住。

好不甘心。我會輸給那種女人嗎？輸給一個搞不倫懷孕的小三。

淚水源源不絕地滑過指間。我咬緊牙關，免得哭出聲。模糊的嗚嗚呻吟流瀉而出。

無法呼吸。我是不是就要死了？好想就這樣死掉算了。與其痛苦成這樣，我寧願死了算了。

我趴在桌上，做了好幾次深呼吸。得去接楓花才行。我想起楓花的臉，硬是將驚濤駭浪的情緒壓制下去。

我到盥洗室用冷水潑了潑臉。眼皮腫了。從冰箱拿出保冷劑用毛巾包起來敷眼睛。車裡很暗，除非楓花仔細看，否則不會發現。萬一她問怎麼了，就說看了電視劇太感動。

我清洗浴缸放熱水，這樣一回家就可以洗澡，接著整裝出門。從公寓的走廊仰望夜空。隱約發光的星子之間，飛機閃爍著綠光前進。我想起楓花小時候每次看見飛機的光，就吵著說是幽浮，不禁莞爾。既然笑得出來，那就沒事了。

去程幾乎沒遇到紅燈，比平常更快抵達車站。我聽著廣播，眼睛盯著後照鏡等楓花。廣播正在播放我大學時候流行的女主唱樂團歌曲。

人行道上的人群中，出現一個低頭行走的粉紅色羽絨大衣人影。我解除車鎖，扭身轉向後方。

楓花打開車門，默默地坐下來，嘆了一口氣。我心想一定出了什麼事，但沒有主動問她，只說聲「下課了」，發動車子。

到家之前，楓花都不發一語。在玄關脫鞋後，她盯著腳下，就這樣站著不動了。我叫她去洗澡。楓花抬頭，臉上一片淚濕。

「萬一報名的學校全部落榜，該怎麼辦？」

她聲如細蚊地喃喃道。似乎是一直壓抑的不安決堤而出。

她說她聽到同一個補習班的同學朋友，報考的學校全數落榜，最後讀公立學校。

楓花雖然也會考塾檔的學校，但那裡是偏差值五十一的中堅學校。即使考出來是A級，也不能保證絕對不會落榜。

「萬一落榜，之前的努力就全部白費了嗎？」

楓花以單薄的手背揩著眼淚，尖著嗓子問。她才十二歲而已，卻已經從邊緣窺見了絕望。

「不會白費的。絕對不會。」

我伸手扶她的背，隔著光滑冰涼的羽絨衣觸感，感受到她的心臟跳動。近乎揪心的憐愛之情油然而生，充塞了整個胸口。

「沒問題的，妳會考上的。」

會考上的，別擔心——我這麼告訴她，慢慢地撫摸她的背。一次又一次。

「好啦，我知道了。」

楓花重重地大嘆一口氣。

「只要不感冒，一定會考上的。喏，快點去洗澡。」

我說，拍拍楓花的背，楓花似乎害臊了，沒有看我，進房間取換穿的衣物。

身爲母親，我還有方法可以保護楓花。

絕對不能傷害楓花。爲了保護楓花，要怎麼處理梨沙的問題？

目標很清楚，接下來的問題就只有手段。

沒必要迷惘。走進客廳，打開共用電腦。在週五前，有些事情必須先調查清楚。

四

梨沙在中午十二點整抵達新橫濱站。

「從東京到橫濱也滿久的呢。從東京一樣搭新幹線過來，眞是做對了。」

從北口驗票口出來的梨沙滿不在乎地說。她一身羊毛料的駝色大衣和牛仔褲打扮。從高崎約一小時半的車程，行李只有一個小肩包。

最後一次見面，梨沙才二十出頭。感覺比那時候更瘦了一些。原本的長髮剪到肩膀以上，燙了大波浪。

「身體還好嗎？」

我不想和她對上眼，走在前面問。

「嗯，還不會孕吐什麼的。」

「我開車來的。到停車場要走一段。」

搭電扶梯上天橋，跨越大馬路。車子停在下樓梯後一百公尺外的大樓旁投幣式停車場。

梨沙一邊走著，聊著高崎老家的事。但我滿腦子都在尋思接下來的事，因此對梨沙的話充耳不聞。我的附和應該都牛頭不對馬嘴。

打開車鎖後，梨沙坐進副駕駛座。

「接下來要去哪裡？」

梨沙以滿懷期待的聲音問著。她應該以爲會回去我們家吧。

「有個地方很適合談話。」

我發動引擎，解除煞車鎖。導航已經輸入預先查好的目的地。是上個月丈夫告訴我的地方。

十二月第二個週一。那天是週六家長參觀日的補假，楓花一早就在家。丈夫也請了出差的補休，我因爲要上班，難得只有丈夫和楓花兩個人過。

下班以後，我如常在三點半回到公寓，丈夫和楓花剛好坐車回來。說是一起在外面吃午飯，到市內的神社參拜，祈禱金榜題名。

「我們去爸爸公司附近的咖哩店。店裡都是尼泊爾人，有兩種咖哩可以選，還有附拉西喔。」

楓花開心地報告說她吃了豬肉咖哩和肉醬咖哩，很辣但很好吃。應該是很久沒有父女一起出門，覺得很開心。

「楓花的補習班是不是有點……不太一樣？」

我正在廚房準備晚餐，來拿冰箱裡的茶的丈夫這麼說。楓花吃完點心，回房間用功。

「不太一樣？你聽楓花說了什麼嗎？」

「沒有，不是楓花說的，不過今天去神社，在繪馬寫上心願的時候，有點……」

丈夫不知爲何，難以啓齒地支吾其詞。

我問出了什麼事，丈夫說楓花在繪馬背面，不光是寫下祈禱上榜的字句，還附上另一句話。

「她說是補習班老師教她們的上榜咒文。」

丈夫聽楓花說，補習班教她們在祈禱上榜的繪馬寫下對協助她們備考的家人的感謝，如此一來，就會考上志願學校。

當然，一起去神社的家長也會看到繪馬，這應該也是對家長的一種服務吧。

「這樣啊。楓花寫了什麼？」

我只是隨口問問，丈夫卻沒有應話。他抓著茶壺，心事重重地瞪著冰箱門。

「她說媽媽爲她做了很多事，實在寫不完，所以只寫了一句話。」

片刻後，丈夫轉向我，直盯著我的臉看。

「是對妳的感謝。這一點錯不了。」

丈夫說，就像在謹愼地挑選措詞。

車子慢慢地爬上平緩的坡道。車子的引擎蓋反射著柔軟的冬季陽光。

在橫濱市內，這一帶是開拓山地建成的住宅區，坡道特別多。路也很狹窄，路寬僅能勉強容兩輛車子交會而過。

「原來這種地方有神社。」

梨沙從副駕駛座車窗看著外面，感動地說。

「好像是歷史悠久的神社，但沒有官網什麼的，似乎只有當地人才知道。」

我將丈夫告訴我的內容照本宣科說。平日幾乎沒有香客，社務所好像也沒有人。丈夫也是經過一番考量，沒有帶楓花去人潮多的地方，免得她累著了或傳染感冒。

不久，民宅變得稀疏，道路一邊變成森林，另一側則是崖壁。在變得更加狹窄的路上前進一陣子，拐過一個大彎，汽車導航的聲音告知抵達目的地。

是山中一座眞的很小的神社。通往境內的階梯前方，有一座石造的古老鳥居，和可停放三輛車的停車空間。我確定後方沒有來車，掉頭後倒車停下。沒有其他車子。

「這裡也是橫濱市內嗎？搞不好比我高崎的老家還要鄉下。」

梨沙下了車，寒冷地縮著脖子，環顧周遭的風景。樹葉落盡的闊葉樹和深綠的針葉樹枝椏沉甸甸地覆蓋在頭頂。四下一片陰暗，空氣冰寒徹骨。

「小心階梯。」

我領頭走向石階。通往境內的階梯約有二十階，但十分陡急，因此攀登時我特別留意腳下。階梯頂處，又有一座石造鳥居。小小的境內，有一對石獅子和燈籠。正面是本殿。功德箱也許是長年曝露在風吹雨打中，木頭表面損傷嚴重，鈴鐺的繩索也鬆散起毛。境內右角的涼亭有張桌子，以自助方式販賣繪馬和護身符。

「欸，妳說妳要給我看什麼？」

梨沙環顧空無一物的境內，第一次發出不安的聲音。白皙的雙手在肚子前面再三摩挲。

我猶豫了一下，心想已經不能回頭，立下覺悟。

「這裡。跟我來。」

我踩著確實的步伐，走向有大松樹的境內左邊。

五

二月二日，楓花的中學入學考結束了。

第一天，第一志願的A日程考試，楓花落榜了。考試結束後，她說國語的非選擇題和算數的圖形問題寫不出來。本人應該也沒把握吧。傍晚在學校官網看到自己的准考證號碼不在上面，她很平靜地自己打電話向補習班報告，然後為了明天的考試，對桌用功。

然後是第二天的二月二日。上午楓花參加了第二志願的考試。我在家長等候室等待，楓花表情明亮地回來了。她看起來鬆了一口氣，小聲說幾乎都會做。

在車裡吃過便當，下午參加第一志願學校B日程的考試。報考最難關學校的孩子都會來參加這場考試，當做墊檔，因此上榜的難度比A日程更高。但楓花還是抱著機會愈多愈好的心態報名。科目只有國語和算數兩科，兩小時就考完了。

也許是上午的考試順利，心情輕鬆，又或是剛好都遇到會的考題，楓花第二志願校的A日程和第一志願校的B日程兩邊都考上了。昨天懷著慘澹的心情瀏覽學校官網，今天上面終於出現自己的准考證號碼，瞬間我倆淚流不止。

「明天墊檔的學校不去考了。這樣就結束了。」

楓花神清氣爽，眼眶含淚地宣布。我要她打電話給丈夫，丈夫說他立刻就回家。我去附近的迴轉壽司店買了外帶壽司回家，全家一起慶祝楓花上榜。

已經用不到的補習班書包上，別著兩個同一間神社的護身符。是丈夫帶楓花去祈禱金榜題名時買的，還有上個月**親戚阿姨**買給她的。

那天傍晚，在楓花補習班所在的圓環，梨沙手中捏著神社買來的護身符，一臉緊張地坐在副駕駛座。

「眞的可以嗎？」梨沙遲疑地問。

「沒關係。妳親手送給楓花吧。」

我對著前方說。廣播傳來楓花喜歡的男性偶像團體歌曲。

「我不是說那個，是生孩子的事。」

梨沙珍惜地捧著護身符，雙手顫抖著。

「既然妳要結婚了，當然可以吧。」

「可是這樣的話，那孩子……」

梨沙抬頭，以求助的眼神看我。

「楓花是我和外子的女兒。」

我冷漠宣告。只有這一點，希望她徹底明白。

「所以就算妳要生孩子，和楓花也沒有任何關係。**妳是對無法親手扶養那孩子感到內疚吧**？但她的母親是我。」

十三年前，梨沙認識了大她十歲以上的公司客戶，發展成不倫戀，懷了身孕。

就在這件事的前一年，我因爲子宮內膜癌摘除了全部的子宮，沒辦法懷孕了。

梨沙相信了男方說絕對會和元配離婚的說詞。但沒多久，她就被男方的元配要求賠償，最後聯絡不上男方。雖然她一度決心要一個人扶養小孩，卻因爲精神壓力過大，併發壓力症候群，關在房間裡不出門，幾乎整天昏睡。

梨沙的母親看她這樣子，判斷她不可能扶養小孩，向姊姊——也就是我的婆婆求助。然後梨沙生下的女孩，成了我和丈夫的女兒。婆婆向無法生育的我提出這個建議，讓丈夫對我感到虧欠。做出破壞他人家庭舉動的梨沙，讓我一直感到輕蔑。我貶低梨沙，試圖相信自己更適合當楓花的母親。

但我發現自己再也沒有必要囚禁在這樣的想法中。

我就是楓花的母親，任何事物都無從改變。

我帶著梨沙去那間神社，是想讓她看看楓花寫在繪馬上的話。

繪馬的背面，祈禱金榜題名的文字後面，這麼寫道：

「媽媽，謝謝妳生下我。」

空洞的牢籠

一

我在又濕又硬的泥土上醒來。腦袋中心僅留下驚心動魄的惡夢餘韻，卻難以捕捉輪廓。

也許是饑餓和疲勞作祟，我無法專注思考。牢籠的縫隙間依稀可見庭院樹木，枝椏間露出星空，讓我知道現在仍是深夜。但我完全沒有時間感。

我用手臂枕頭躺下，不知不覺睡著。

頭部旁邊的出血，因爲用衣袖用力加壓，完全止住。瀏海貼在額頭，一皺眉皮膚就受到拉扯。我摸了摸傷口，腫成一個包，但疼痛輕微。

比起頭部的傷，喉嚨更是渴到連呼吸都覺得痛苦。水碗在牢籠的角落翻倒，顯然是空的。

應該和我一樣渴了，龍次郎趴在我對角的牢籠角落，怨恨地伸出舌頭。鬆垮下垂的臉頰，被沙土和口水搞得又濕又黑。

遠方傳來虎鶫有些悲切的啼叫聲。一年前在長野這處山中展開新生活前，我根本不知道除了貓頭鷹，還有好幾種鳥會在夜裡啼叫。

牢籠裡，龍次郎痛苦的喘息作響。和白晝相比，氣溫涼爽許多，但龍次郎和我不同，裹著厚厚一層毛皮，在盛夏的夜裡或許熱得難受。尤其這幾天可能是因爲連日酷暑，白天加熱後的地面，熱度隨著濕氣蒸騰升起，使得牢籠裡充斥著動物和泥土氣味混合的不快空氣。

我在陰暗的牢籠，僅轉動眼睛四處張望。這個牢籠似乎是特別訂製的狗籠，約有四張榻榻米的面積，側面以十公分的間隔，用粗金屬棒圍繞四方。屋頂是戶外儲藏室使用的那種堅固的鋼板，天花板不管再怎麼檢查，都看不出任何空隙。

忽地，我注意到自己的臉旁掉著一顆指頭大小的馬鈴薯。種馬鈴薯的時候，我直接略過太小的種薯，收進口袋裡，應該是掉出來了。我隨手撿起，朝龍次郎的鼻頭扔去。龍次郎對乾燥的「咚」一聲起了反應，低吼起來。很快地，牠注意到眼前出現了某樣小東西，臉拚命往前伸，項圈都要陷進脖子裡去了，然後用長長的舌頭把馬鈴薯撈起來吃掉。誤以爲是飼料嗎？

土佐犬特有褐毛底下的肩膀，因爲做出撐直前腳的動作，繃緊似地隆起。即使知道牠不可能朝我過來，我還是忍不住戒備。

吠得那麼凶暴的龍次郎待在遠離我的牢籠角落，是因爲鎖鏈纏繞在柵欄突出的金屬零件上，使牠無法動彈。我不知道是牠掙扎的過程中自己勾住的，還是把我搬進這處牢籠的人刻意弄成這樣。

不管怎麼樣，一開始在牢籠醒來時，我已經有了活活被咬死的心理準備。

幸好我不必死得那麼慘，但可以確定，我早晚都會被殺掉吧。要不然不會把我關進這種地方。

但我眞的做了什麼壞事，死有餘辜嗎？

我只是想要把這頭鄰居飼養，叫龍次郎的土佐犬殺掉而已。

除了這麼做以外，沒有其它方法能將牠救出苦海。

我從龍次郎身上別開臉，閉上眼。慢慢用鼻子呼吸。這樣一來，喉嚨的乾渴就稍微好過一些。

憋住哈欠，淚水擠出眼眶，流下臉頰。睏意又上來了。

我沒有抵抗，任由意識變得模糊。

既然都要死的話，我想在死前心滿意足地好好睡上一覺。

我已經多久沒有像這樣盡情入睡了？

＊

樓下的柱鐘響了八下。

爲了迎接朝陽，在東南向設置高窗的二樓臥室，已經熱得宛如夏天的廚房。即使是避暑勝地的這帶，到了盛夏，也會有氣溫飆破三十度的日子。

黃鶲宛如刮過硬玻璃的叫聲穿過杉板牆響起。我拉起薄被蒙住頭，就像要摀住耳朵。之前的管理員似乎有在餵食，我搬進這座山莊已經近一年，庭院的日本落葉松仍有金背鳩、白腹琉璃、野鵐等各種野鳥前來造訪。一大清早就各自停佇在枝頭上，引吭高歌。

但今早我還是不肯離開被窩。都是吠叫整晚的聲音害的，我到清晨四點半好不容易睡著。連四個小時都沒有睡到。

我勉強繼續閉眼，但不到幾分鐘，汗水就滲進眼睛。我只好死了心，把臉探出被子，慢慢活動隱隱作痛的脖子，鬆弛筋骨。因爲把一邊耳朵貼在枕頭上睡覺，背部到肩膀整個僵掉。

好不容易翻身，仰望貼滿明亮松木的天花板。閣樓風格的傾斜天花板也許是隔熱不佳，屋頂上的熱度直接傳進屋內。

「……是在長野的別墅區，金融海嘯前蓋的山莊。」

那天，篠岡珠美難以啓齒、眼神遊移地這麼開口。

「現在只會偶爾去住，但我們委託管理的公司倒閉了。百合子，如果可以，能不能請妳去當管理員？」

去年秋天——我和丈夫俊明離婚剛好一個月，在都內擁有自家公司大樓的住宅公司女社長珠美向我提議。

我和珠美在幾年前，因爲我擔任篠岡房屋的專屬室內設計師而親近起來，我們每個月會一起吃個兩次飯。

珠美比我大三歲，但巧的是，我們國高中都是劍道社，而且都在三十五左右就成了女老闆——當時我也開事務所——有許多共通點，因此雖然是工作客戶，但對我來說，珠美就像是我的閨蜜。我們會一起吃當紅的話題餐廳，有時嚴肅地討論工作煩惱。

和珠美認識四年後，我和當時是客戶的家具廠商員工俊明結婚，後來仍與珠美保持往來。因爲彼此都沒有小孩，我們以和婚前相同的頻率碰面，聊聊近況。

「以後我想要把現在的事業交給部下，去學室內設計。」

結婚以後，我經常把這種空疏的夢想掛在嘴上。

應該是想要逃避現實吧。婚後沒有多久，我就遭到俊明家暴了。

一開始只是爭吵時，他忍無可忍敲打牆壁。只是敲牆壁的話，我覺得他應該是氣壞了，但很快就發展成摔電鍋、用頭撞破洗臉台鏡子。我餘悸猶存地幫俊明包紮割破的額頭，他向我道歉說：

「我脾氣一來就控制不住自己，怎麼樣都忍不住。可是我絕對不會傷害妳的，原諒我吧。」

短短三個月後，俊明第一次對我施加直接的暴力——他惡狠狠地踢踹睡著的我背部。

就這樣，從某個時間點開始，婚前完全沒有察覺的俊明問題突然浮上檯面，一點一滴地壓垮了我。我無法一個人扛下，沒多久就把俊明的暴力問題告訴了珠美。

也許因爲二十多歲就離過婚，聽到我血淋淋的告白，珠美依然十分沉著。

「我想要先找區公所的免費諮詢服務看看。然後叫他去看心理醫生，讓他控制暴力衝動。」

我拖泥帶水地說著這種溫吞的計畫，珠美卻斬釘截鐵宣告：

「俊明那種暴力行爲一輩子都改不過來的。妳最好盡快跟他分手。」

我想珠美應該看出來了。在這個時間點，我的心底深處早已感覺到這樁婚姻沒辦法再繼續維持。後來沒多久，我決定離婚，珠美迫不及待地向我發包了多達五間公寓的展示場案子，說是當我的離婚賀禮。

安排好要展示的家具、窗簾、地毯和雜貨等等，工作告一段落，我主動邀珠美吃飯，聊表感謝之意。我預約了搶手的法國餐廳，和珠美享用紅酒和餐點，當甜點上桌時，珠美提出了「管理員」的事。

「爲了跟妳分手的先生保持距離，我覺得妳離開東京比較好。管理山莊對妳來說或許是很無聊的工作，不過很安靜，而且妳不是一直說想學室內設計嗎？那裡很適合自學進修。」

珠美以纖細的湯匙舀起蘋果慕斯，如此提議。珠美的點子對我是求之不得。

那個時候，逃離俊明是我的當務之急。

好不容易讓俊明答應離婚，在公所辦好手續，我暫時搬回橫濱娘家。然而俊明理所當然地跑來前妻的娘家。

「我不會用洗衣機。我有傳訊息給百合子，但她好像換了號碼，所以我直接過來問她。」

俊明一本正經地對應門的前岳父說。隔天，我把這件事告訴工作上碰面的珠美，珠美嘆了一口氣，表情苦澀：

「會家暴的男人，本來就不把妻子當成獨立的人看待，覺得妻子就是自己的物品。即使離婚，還是改不了這種想法，很容易變成跟蹤狂。」

說完，珠美咬住下唇，像在沉思。那個時候，她一定就打定主意要介紹管理員的工作給我了。

我感謝珠美的關懷，決定聽從她的好意。事實上，後來俊明多次以芝麻小事爲由打電話到我家，甚至直接跑來。要逃離俊明，珠美的提議是最好的方法。同時一想到難道就只有逃走一條路，我覺得很不甘心，卻莫可奈何。

我深深低頭行禮，甚至引來餐廳其他客人側目。珠美笑著要我別放在心上，乾脆地告訴我：

「其實我前夫也是個家暴男。離婚後對我糾纏不休，我拿木刀惡狠狠地朝他正面砍下去，差一點就眞的要砍到，才把他嚇到不敢再來。」

——後來過了快一年。我遠離東京，住在這處長野的山莊當管理員。

不熟悉的生活方式也有一番辛苦，而且不便，但寧靜安心的日子對我來說非常寶貴。

然而這渺小的幸福即將遭到破壞。

黃鶲的啼聲變得更高。雛鳥爲了呼喚母鳥，激烈啼叫，母鳥回應。平時聽起來令人莞爾的啼叫聲，現在刺耳得不得了。

一切都是五天前來到鄰家的土佐犬龍次郎害的。

牠的吠叫聲不光是剝奪了我的睡眠。那已經不是問題了。

龍次郎應該是出於某種意圖被帶到這處山中別墅。我沒辦法視而不見，撒手不管。

如果任由龍次郎這樣下去，我就不光是在逃避俊明而已，也等於逃避自己。這個事實將會摧毀我的心，留下無法修復的傷口。

我慢慢地下了床，把窗戶大大打開。森林特有的濃郁潮濕空氣，依稀帶著動物的氣味，緩緩地爬了進來。

殺掉龍次郎吧。

只有這個方法了。

我扶著綠色的窗框，就俯視著樹林另一頭的龍次郎狗籠，良久良久。

二

不知不覺，雲層覆蓋夜空，牢籠裡陷入徹底的黑暗。

後來我醒了幾次，但不試圖起身。

我在濕暖的泥土地閉著眼睛，回想起我剛來到這處山莊當管理員的時候。也許是因爲死亡逼近眼前，那段記憶格外鮮明。

那天在珠美的帶領下，第一次踏上這塊土地，我想到可以在如此得天獨厚的環境裡，無憂無慮過日子，簡直感激涕零。

山莊的土地比想像中更廣闊，光是庭院就有兩座網球場那麼大。而且建築物的外觀十分可愛，比起山莊，或許更適合稱爲小木屋。

房屋是亮綠色的人字形屋頂和白色板牆的二樓建築物，應該是模仿《清秀佳人》的綠山牆小屋而建。和屋頂同色的窗框飾邊，和小時候讀過的書中插圖房子一模一樣。

玄關比地面高出約一公尺，或許是爲了積雪時也能進出。走上數階階梯，有約半張榻榻米大的木頭露檯。角落擺著一盆布置成聖誕樹的冷杉盆栽，是珠美提前送給我的禮物。

「臥室是二樓的閣樓風房間。裝潢也是我那個傻丈夫的品味，搞成維多利亞風格。」

其實我比較喜歡鄉村風——珠美嘛著嘴說。我對她苦笑，心底深處一陣刺痛。

這是對珠美的堅強，類似嫉妒的感情。

儘管同樣遭到丈夫家暴離婚，我和珠美的內在有天壤之別。

珠美憑著自己的力量，擊退離婚後糾纏不休的前夫。

我卻不敢見跑來娘家的前夫，總是躲在自己的房間，丟給父母應付。

俊明打來的電話，我從來不接。一聽到他的聲音，我就想起被他毆打的時刻，全身抖個不停。俊明的暴力，我完全無法抵抗。

學生時代學劍道的經驗，一點用處都沒有。光是被他充血的眼睛一瞪、粗聲粗氣喊名字，我就像被鬼壓床似動彈不得。不管他對我做什麼、說什麼，我都逆來順受。面對俊明的暴力，我終於看清自己懦弱的本質。

我身爲獨立自主的大人，有自己的工作，努力讓客戶滿意，還出來開事務所。婚前這些種種對自己的驕傲，全煙消霧散。

珠美的提議，一般應該會不好意思接受，我卻一口答應，這不光是逃離俊明而已。我認爲離開東京，置身不同環境，就可以不用面對如此淒慘的自己。

聽到地面磨擦聲，我知道龍次郎動了。張眼望去，下垂的粗尾巴左右拂動，掃著泥沙。龍次郎還是一樣靠在柵欄上趴著，頭擱在大大的前腳上，注視著黑暗中的什麼。不，或許在聆聽。

不知道爲什麼，就只有這天晚上，龍次郎連一聲都沒有叫，讓我感到不可思議極了。

*

珠美的山莊位在所謂的輕井澤別墅密集區邊緣，稱得上鄰居的，就只有隔著庭院，相距十公尺遠土地裡的大宅院。
聽說那裡是在當地經營貿易公司的資產家結城的別墅。以前一年幾次，主人會在別墅招待客人，但最近頻率減少，這幾年珠美完全沒有碰到他。
「一個人住在這種地方或許會寂寞，但我常過來玩。啊，『護身符』我放在儲藏室裡，如果遇上緊急狀況，就拿出來用喔！」
珠美開朗地鼓勵我，接著回東京，但也許是一個人的生活與我性情相投，我從來不感到寂寞。每天都有許多事情，完全不會無聊。決定當管理員時，我買了一輛四輪驅動的小車，開著上街採買，或是在天氣好的日子，到知名的白糸瀑布觀光。
附帶一提，珠美送我的「護身符」是木刀，當然沒機會派上用場。
說是管理員，頂多每週清掃一次沒在使用的預備室，整理一下庭院，不過庭院工作對我來說意外樂趣無窮。
土地周圍沿著柵欄，種著日本落葉松、楓樹、銀杏等等，似乎是充當隔絕視線的綠籬。我來到這裡的時候，剛好遇上楓紅時期，清掃色彩繽紛的落葉，成了每天例行工作。我從裡面挑出完好的葉子，在珠美年底來訪時，編一個手工聖誕花環迎接她。
這裡在長野似乎也屬於積雪較少的地區，即使在冬季，只要小心水管凍結，生活完全沒有任何不便。雖然積了幾次雪，但並不深，丟著不管也會自行融化，結果特地買來的雪鏟無用武之地。不過我怕冷，除了採買，都關在家裡閱讀，或是鑽研家具設計。

入春，我在玄關前面的花圃種下美人蕉、金絲梅、唐菖蒲等全是鮮黃色的花。雖然有些擔心會不會太過頭，但到時候襯著屋頂的綠色，一定非常漂亮。事實上，上個月初來玩的珠美看到色彩對比，興奮得臉頰泛紅，讚嘆不已。

這些平靜的日子過去，即將迎接盛夏，那東西來了。

上週我想到可以把庭院的空地開墾成家庭菜園，買了泥土、磚塊、紅蘿蔔苗和種薯等等，幾乎每天都上街去居家用品中心。

開著滿載而歸的沉甸甸小車爬上細窄的山路途中，後照鏡裡難得出現了後方車輛。

很少車子進入如此深山。而且還是巨大的兩噸卡車。

卡車彎向鄰居的大宅，放慢車速停下。去年秋天搬進山莊，我還沒有遇到過這幢大宅的主人。或許他預定暫時住在這裡，所以先送來新的家具等等。我覺得如果主人來了，應該打聲招呼，於是把車開進停車場，立刻前往鄰家。

卡車停在大宅正面的豪華黃銅門前。定睛一看，兩名年輕工人正繞到貨台處，搬下令人意外的事物。

那是一片鋼鐵浪板屋頂，應該有一張榻榻米大小。還有三片相同大小的屋頂靠放在貨台邊。貨台上更堆著幾十根黑色的金屬棒。

應該是太重，沒辦法直接搬運，工人從貨檯深處搬下推車，一個人推，另一個按著上面的東西，運到庭院。材料的金屬非常重，工人們汗如雨下，好不容易把金屬棒搬到推車上，在卡車和庭院之間來回往返。

工人們在庭院一區開始組裝，我才發現那些貨物是大籠子的建材。

「您好。」

我正看得呆了，背後突然傳來沙啞的聲音，我嚇得差點跳起來。

回頭一看，頂著純白大平頭的矮個子老人用脖子上的毛巾抹著額頭汗水，向我頷首。不知道什麼時候來的，一輛黑色的高級車停在卡車不遠處。我急忙回禮：

「您好，我是隔壁篠岡家的山莊管理員，請問是結城先生嗎？」

聽到我的問題，老人揮揮手說：

「不是不是，我是結城家的傭人，敝姓田中。我家主人不久前身體出了狀況，已經好幾年沒來這裡了。」

那麼，現在搬來的籠子是要做什麼用的？我提出理所當然的疑問。

「喔，其實呢，結城的本宅那裡有一頭養了好幾年的狗，因為一些原因，要送來這裡養。」

田中有些難以啓齒地說。怎麼回事？見我納悶不解，田中補充說明：

「本來是我家主人養的狗，但我家主人要搬進特別養護老人院了。家裡和公司由下一代的長子繼承，但長子的意思是，這狗年紀大了，在安靜的大自然環境裡生活比較好。」

「喔……那，那位長子要搬來這裡嗎？」

聽到我的問題，田中連忙搖頭：

「不，那樣會影響公司業務運作，只有狗送過來而已。我在本宅那裡也有工作，沒辦法一起住在這裡，但每天都會過來照顧。」

我總算理解狀況，點了點頭，卻萌生不祥的預感。從那狗籠的尺寸來看，田中提到的狗應該是大型犬。

「什麼品種的狗？」

「喔，品種啊，是土佐犬。」

田中用毛巾抹著臉上的汗，比剛才更難以啓齒地回答。

三

鄰居要在自己的土地養什麼狗，我都沒有資格過問。

但那天晚上，我實在忍不住打電話向珠美抱怨。

「我是不能叫他們不要養啦，可是土佐犬不是拿來當鬥犬的那種大狗嗎？鄰居的老僕人個頭很矮小，我實在很擔心他有沒有辦法遛狗。」

珠美在自家公寓養兩頭黃金獵犬，她對我的憂心一笑置之：

「既然養了很多年，那當然已經訓練過了吧。一般人都覺得土佐犬很可怕，但仔細看就知道，其實長得很可愛的。」

「是嗎？我客套問那狗叫什麼名字，他說叫『龍次郎』。可愛的狗會取這種名字嗎？」

我誇張地嘆氣，珠美在電話彼端捧腹大笑：「一定是個大帥哥啦！」

——幾天後，從白色廂型車被放下來的龍次郎，一見到在門前刺探情況的我，立刻用後腳站起來，發出震耳欲聾的吠叫。有如漆黑橡膠的嘴唇不停淌下口水，滴滴答答落在地面。

我聽珠美說，土佐犬再怎麼大，體長只有約一三〇公分，但像這樣以後腿直立起來，比嬌小的我更龐大。從腳和粗壯的腰圍來看，體重肯定是牠比較重。

今天沒看到男傭人田中。委託搬運的工人們戴著厚厚手套，穿著工作服，兩人合力把龍次郎拖進狗籠裡關起，然後就這樣走掉了。

就是這天晚上，惡夢開始了。

天色暗下來不久，被關在籠子裡的龍次郎便開始發出低吼聲。

不是寂寞哼鼻子那種可愛的聲音。即使遠遠聽見，也讓人心膽俱裂的吼聲，顯然是在威嚇著什麼人。不久，聲音轉變成又粗又沉的吠叫聲。

寂靜的森林裡，只有龍次郎的叫聲沒完沒了地響個不停。

當天色逐漸泛白，龍次郎的叫聲總算停了。我鑽出被窩，懷著被吼的覺悟前往鄰居大宅。

昨晚那叫聲實在太不尋常。搞不好龍次郎受了傷還是生了病，正痛苦萬分。

龍次郎的狗籠放在寬闊的庭院一角，可以從高及胸口的籬笆看見。

走到這裡的路上，我踩過碎石路，但即使發出聲響，龍次郎也一動不動，在籠裡蜷縮成一團。但仔細觀察，腹部一帶正規律起伏著。

發現牠還活著，我鬆了一口氣，小聲呼喚：「龍次郎？」垂下來的一邊耳朵不耐煩地動了動。

——在睡覺。應該是叫了一整晚，累得動不了了。

但籠前的水碗是空的，讓人在意。旁邊的飼料碗也是空的。是放的飼料和水太少，又餓又渴才叫得那麼凶嗎？

我踮起腳尖，想要看得更清楚，突然有人從背後搭住我的肩膀。

「您在做什麼？」

要不是那聲音我聽過，我已經尖叫出聲。我回頭望去，矮小但肩膀寬闊結實的男子——結城家的傭人田中正眼神銳利地瞪著我。

應該是剛好來餵狗。我把昨晚龍次郎的狀況告訴田中。牠叫了一整晚，我擔心是不是哪裡不舒服，要不然是不是飼料和水不夠？

聽到我的話，田中聲色不動，搖了搖頭：

「帶牠來這裡前，有帶給獸醫健康檢查，牠很健康。飼料和水昨天都餵足了。」

這時，醒來的龍次郎慢吞吞地爬起來，牠發出低吼，頭轉向我。露出來的利牙泛黃，口水牽絲滴落。鼻子上擠出皺紋，嘴唇上翻，就像繪本裡的大野狼。

我忍不住後退，田中表情僵硬，迅速擋到籬笆前：

「龍次郎警戒心很強，遇到不認識的人都會特別警戒，千萬不要靠近狗籠。萬一出了什麼岔子，要負責的可是我們。」

田中張開雙手，就像要擋住龍次郎的身影，那動作讓我覺得有些不尋常。但既然對方都這麼說了，我只能離開。

＊

——如果那時候不要退縮，強硬主張龍次郎眞的不對勁，就不會演變成這種局面了嗎？

地面感覺比剛才更冷。也許是體溫漸漸下降。

我轉頭望向龍次郎。鎖鏈磨擦的聲音在牢籠裡迴響著。

牠撐直顫抖的腳，試著掙脫纏住的鎖鏈。但也許是爪子滑掉，很快又當場倒下。明明剛被帶來這裡的時候活力十足，甚至可以用兩條後腿直立，現在卻彷彿站不住的老狗。

我還是應該追根究柢的。

質疑龍次郎是不是得了狂犬病，爲了不讓人發現，才被帶到這裡來——

四

殺掉龍次郎。

如此下定決心，我前往保管園藝鏟和鐵鍬等工具的庭院儲藏室。裡面有珠美硬塞給我、叫我拿來護身的木刀。

龍次郎可能得了狂犬病，這個推測不是我一廂情願的猜想。

自從注意到龍次郎不對勁，我每天都躲開田中，偷偷探望牠。不管什麼時候去，水碗和飼料碗都是空的。爲什麼不給龍次郎水和食物？還有每晚不間斷的低吼及吠叫。有一次我半夜偷偷跑來看狗籠，結果見到龍次郎淌著口水，在狗籠裡瘋狂徘徊，對著空無一物的黑暗威嚇。

我上網查了一下狗的疾病，在狂犬病的症狀裡看到所謂的「恐水症」。這是喉嚨麻痺造成的吞嚥困難，如果染病的是人，有時會因此害怕喝水，所以才有了這樣的稱呼。狗的話，雖然不會像人那樣害怕水，但一樣喉嚨會麻痺，無法吞嚥。不給牠飼料和水，一定是這個原因。一想到這裡，我立刻連絡珠美討論。

一開始珠美否定，現在的日本，狗不可能傳染狂犬病。

「可是，病毒也可能從海外傳進來啊！」

我從某個新聞網站查到近年的狂犬病訊息。

狂犬病病毒已經從日本絕跡，但外國許多國家仍有疫情。在亞洲、非洲和中南美洲，病毒寄宿在狗的身上，在美國，則是以蝙蝠、獴等野生動物爲媒介。

「結城先生是貿易公司老闆吧？搞不好像是海外進口的貨物裡面，跑進身染病毒的動物，然後龍次郎不小心被咬到。」

「確實不能說完全沒有這種可能性……可是龍次郎不是說養了很多年了嗎？如果是家裡的寶貝寵物，怎麼不帶去看獸醫？」

「狂犬病一旦病發，致死率是百分之百。既然不可能有救，還帶去看獸醫，萬一因爲這樣造成狂犬病病毒在日本擴散，當然會被追究責任，如果被媒體爆出來，公司業績一定會受影響。他們是不是想既然如此，乾脆送去沒人的深山，關在籠裡，不讓其他動物或人接觸，自生自滅？」

聽到我的話，珠美沉默。片刻，她聲音顫抖地提出異議：

「我自己也是個老闆，可是要任由心愛的狗在痛苦中孤獨死去，這我實在做不到。」

珠美悲傷地說，我卻擊碎她的反駁：

「飼主結城先生現在住進安養院，公司經營和家裡的事，都交給兒子處理。把龍次郎送到深山別墅的，就是他的兒子。」

珠美說應該連絡保健所（註），忠告我絕對不要離開屋子。

「萬一出了什麼差錯，龍次郎逃出狗籠，事情就不得了了。在保健所的人過去前，妳一定要待在家裡。拜託。」

「好，我當然也打算這麼做。」

講完電話，我拋開珠美懇切的拜託，提著木刀前往鄰家。

路上我揮舞了幾下木刀，但手中的木刀沉重極了，和高中時代完全無法相比。面對龍次郎，我有辦法像以前那樣確實揮刀嗎？

我是個愛狗人。

小時候家裡養了柴犬。我出生時，父親跟別人要來的。根據喜歡的電影命名為「吉洛」的那隻柴犬，在我上國中那一年，腎臟長了腫瘤，痛苦好幾個星期後走了。當時的獸醫對於使用止痛藥和麻醉藥相當消極。

羅患狂犬病的狗，直到最後手腳麻痺、無法動彈前，都處在痛苦的折磨中。既然都免不了一死，我想要讓牠快點解脫。

我沒有從籬笆外面偷看，直接從大門踏進。現在沒聽到龍次郎的聲音。是累得倒頭大睡嗎？還是已經動彈不得了？

雖然窩囊，但老實說，如果能夠，我希望在我動手前，牠已經自己先走了。

但龍次郎還活著。

龍次郎身體偎在狗籠近側的柵欄處，趴在地面，慢慢地把頭轉向這裡。

鼻子擠出皺紋，想要發出吼聲，但喉嚨只發出細微的哼聲。

龍次郎的頭完全在木刀的攻擊範圍內。我挺直了背，站在牠的正面。收緊腋下，左手握緊，右手稍微放鬆，筆直抬起雙臂。龍次郎露出利牙，注視著我。

一擊斃命！

瞄準後，最後我和龍次郎四目相望。那雙渾圓大眼又黑又濕潤。

＊

籠外已經微微亮起來。

後來都過了快一個小時，龍次郎卻一直高拱背部，拚命想要掙脫鎖鏈。

註：在日本，動物相關業務是歸保健所處理。

與籠中的龍次郎面對面，我猶豫起來。我當場丟掉木刀，跑近龍次郎。

會不會其實我完全誤會了？

然後，當我在龍次郎旁邊蹲下時，突然被人從背後重重敲了側腦一記。

「——龍次郎，別掙扎了。」

這話衝口而出。

我在黑暗冰冷的籠裡，已經認命了。

如果被暴力相向，就只能放棄掙扎。

我害面面對。或許會被揍得更慘。或許會遇到比挨揍更可怕的事。

腦袋被毆打的瞬間，明明不可能，我卻覺得是俊明下的手。

我覺得又要碰上可怕的對待了，害怕得用力閉上眼睛，當場蹲踞成一團。

然後假裝昏了過去。

毆打我的矮個子把手插進我的腋下，把我拖進籠裡。我全身脫力，閉著眼睛感受，任憑擺布。

面對暴力，我只能當個喪家之犬。

「別掙扎了，好嗎，龍次郎？已經夠了吧？你到底想要做什麼？」

看到不肯認命的龍次郎，我難受極了。我在肩膀使勁，用手推地撐起身體。

「反正他來了我們就要被殺掉了。你也不想這麼痛苦了，對吧？」

龍次郎只是默默拱著背，撐直了腿使勁。

「叫你不要白費力氣了！」

我站了起來，從後方撲向龍次郎。

驚嚇的龍次郎扭轉身體，咬住我的手臂。一陣尖銳的痛楚，但我不理會，抓住龍次郎的鎖鏈。鎖鏈糾纏成一團，感覺不可能解開。我雙手一扯住鎖鏈，龍次郎就好像故意似地跟著蹬緊四肢，猛力拉扯。

就在我和龍次郎彈向後方的瞬間，我見到了難以置信的景象。

被鎖鏈纏繞的粗金屬棒，就像麥芽糖一樣彎曲脫落。

五

「妳怎麼這麼亂來！」

這天傍晚，接到消息的珠美搭乘新幹線和計程車直衝長野別墅，一見到我便破口大罵。

白天我已經在醫院接受治療，頭上包著網狀繃帶，模樣可笑地面對她。

「最後事情也沒鬧得太大，用不著生氣吧。」

我設法打圓場，但珠美氣憤難消：

「妳不僅沒有連絡保健所，還一個人跑去狗籠，我眞不敢相信！」

珠美手扠著腰，兩腳打開，宛如羅刹地俯視著坐在客廳沙發上的我。

「不用通知保健所啦，因爲龍次郎不是得了狂犬病。」

拉扯龍次郎的鎖鏈，即使被牠咬了，我也毫不退縮，因爲我相信牠沒有得到狂犬病。

舉起木刀，面對面，我看到龍次郎的眼睛又黑又清澈。

在網路上查到的狂犬病症狀說明網頁裡，說罹患狂犬病的狗眼睛會充血混濁。外行人如我，只看眼睛無法判斷到底是不是狂犬病，但總之沒辦法用木刀砍牠。

明確相信龍次郎並沒有得到狂犬病，是看到牠吃了我在籠裡丟過去的種薯時。牠的反應讓我知道牠沒有吞嚥障礙。

所以當我見到籠子的柵欄彎曲脫落，立刻決定帶著龍次郎逃離籠子。我雙手握住脫落的金屬棒旁邊的欄桿，同樣用力拉扯，結果一樣彎曲脫落。

我好不容易從縫裡擠出去，正要把龍次郎拖出來時，背後傳來踩過石子地的聲音。

「妳怎麼……」

回頭一看，脖子搭著毛巾，右手提著大鐽子，就像來下田的田中呆住看我。

也許是發現狗籠的柵欄鬆脫了，田中臉色大變，快步朝我走來。他就像拿起球棒那樣，雙手高舉鏟子。

我艱難地撿起掉在旁邊的彎曲金屬棒，雙手緊緊握住，舉在正面。如果有木刀就好了，但我拿來的木刀不知道跑去哪裡了。我沒工夫擔心用這麼重的金屬棒打人會不會有事。

我拿起武器，田中亂了方寸，暫時停下腳步。但應該是認為自己不可能打不過一個女人，又一步步逼近。

用我的武器，八成無法「接招」。我不打算等他先出手。

因爲棒子是彎的，難以拿捏距離，但田中一跨進我的攻擊範圍，我便立刻行動。

驚訝的田中從左上方朝我揮下鏟子，我左腳大大前跨，同時腰部一扭，側身閃過。由於甩下沉重的鏟子，田中的姿勢整個亂套，右側的腹部門戶洞開。

我收回右腿，身體正面轉向田中，就這樣揮擊眼前毫不設防的胴體。鏟子從田中的手中飛掉，匡鎯掉在地上。田中好像呼吸不過來，發出痛苦呻吟，紫脹著臉，按住右側腹，在地上縮成一團。

如果那一擊正中了肝臟，暫時應該不用擔心他會爬起來反擊。

爲了小心起見，我用田中脖子上的毛巾和腰帶綁住他的手腳，悠哉回到山莊打一一〇。

「結果結城的兒子指示把龍次郎送來這裡，不是隱瞞狂犬病，而是避免逃漏稅被發現。」

我把這一連串事件的眞相告訴珠美。

那個狗籠，就是為了逃漏稅而製造的「祕密財產」。

異常沉重的金屬欄杆，其實裡面摻雜了純金，表面鍍上金屬，加工到看不出異狀。我聽說過純金本身因爲過度柔軟，爲了做成首飾，增加強度，會摻銀進去，那些彎曲的欄杆，應該是摻了比銀更廉價、強度更低的金屬吧。

這是前來辦案的當地警察後來告訴我的，結城的兒子接到稅務署要來查稅的消息，擔心父親攢下的祕密財產被發現，便決定把那座狗籠藏起來。所以他命令從父親那一代就爲家裡服務的老僕田中，把籠子連同龍次郎一起搬到別墅所在的深山裡。

一問才知道，田中雖然每天都來看籠子，卻完全沒有餵食龍次郎，或帶牠出去散步。據說是他對上代主人懷恨在心，想要折磨主人疼愛的狗，一抒怨氣。早知道不光是打身體，也該打他的手跟臉。

至於龍次郎在半夜叫個不停的理由，說自己也在戶外養狗的那名當地警官笑著告訴我：

「這一帶入夜，會有貉和果子貍出沒。狗會以爲牠們是來搶吃的，所以會叫。不過也有些狗是因爲被嚇到才狂叫，我家的狗就是這樣。」

龍次郎是出於哪一種理由叫，並不清楚。但一直被飼養在都會住宅區的龍次郎，突然被丟到野生動物包圍的環境，一定嚇死了。

但龍次郎沒有停止齜牙裂嘴地反抗。即使沒有東西吃，沒有水喝，衰弱不已，仍堅持要掙扎到最後，努力求生。

「你眞的好了不起。」

我將珠美帶來的特製肉條拿到用牽繩繫在沙發腳、舒適趴在地毯上的龍次郎鼻頭前。也許是不想咬到我，龍次郎慢慢張口含住肉條。

「百合子，看到妳這樣的英勇表現，應該不必再繼續管理山莊，可以回來東京了吧？」在廚房準備晚飯的珠美調侃。我也差不多想回歸事業了，打算好好思考這個提議。

「龍次郎，要不要一起來東京跟我住？」

原本的飼主結城已經搬進特別養護老人院，無法下床，而龍次郎主人結城的兒子將因逃漏稅被逮捕。算是龍次郎照顧者的田中也因爲協助逃漏稅和監禁殺人未遂，暫時回不來吧。

我伸手撫摸龍次郎鬆垮垮的臉頰肉，但忙著吃東西的龍次郎看也不看我。牠用粗壯的兩隻前腳捧著小肉條啃咬的模樣，確實非常討喜，我心滿意足，不斷地看著牠那副模樣。

老鼠之家

一

「媽，妳剛剛在做什麼？」

我自以爲盡可能柔聲詢問，卻沒有得到回答。

母親縮著身體，低著頭，用毛巾擦抹髒兮兮的手。望向茶櫃上的時鐘，就快凌晨一點。

充塞著和室的線香氣味裡，摻雜著雨水的味道。水滴零星打在庭院樹木上的聲音依稀傳來。把母親帶回來時，好像忘了關上簷廊的落地窗。

「我去關窗，等我一下。」

母親微微點頭。我站起來，順便把隨手搭在椅背上的黑色連身洋裝掛到衣架上。

客廳的桌子大致收拾過，但開瓶器、熱毛巾、免洗筷包裝等散落各處，留下許多玻璃杯底的圓圈痕跡。外燴料理的空盤和啤酒瓶集中在房間角落。我覺得幸好自己回來查看了。

母親從以前就是會好好收拾善後的人。

東西拿出來就要收回去，髒掉就要擦乾淨，不要的東西就丟掉。收拾善後，就是負起責任。

母親身爲臨床檢查技師，工作相當忙碌，但養育兩名女兒的同時，又能把家中打理得井井有條，乾乾淨淨。每天都探望住院父親時，以及爲他送終的那一天，這個家也不曾髒亂過。

由此可見，雖然沒有說出口，但母親果然還是大受刺激。

「爲什麼不讓遙回來送終？哥哥生前那麼疼她。」

白天，尾七法事結束後的餐會上，姑姑說了這麼一句話。

起因是聊到父親的回憶。遙還沒有上小學，父親經常對她說些可笑的玩笑嚇唬她。像是這個家的閣樓和地板下住著一大群老鼠。遙聽了哭出來，說媽媽每天都有打掃，不可能有老鼠。參加法事的其他親戚正在聊這些無聊的瑣碎往事，姑姑卻突然找起母親的碴。她從以前就把學歷比自己高的母親當成眼中釘。

「有什麼辦法，她離家後就一直連絡不上啊。」

我想要打圓場，但表情應該也僵掉了。十年前妹妹遙會離開這個家，原因出在我身上。

「一個剛高中畢業的女生，能跑到多遠的地方去？反正妳們也沒認眞找吧？聽說妳們因爲只有遙一個人跟妳們沒有血緣關係，待她相當刻薄？」

姑姑惡意笑著，把空杯伸向母親。面無表情斟啤酒的母親，手發起抖來。

冰冷的空氣竄過雙腳，我回過神。落地窗果然沒關，走廊潮濕反光，夜風似乎把雨吹進來了。我扣住凹槽把手，忽然轉念，趿上踏石上的拖鞋。得乘著天亮前，把那東西收起來才行。

我小心走在庭院泥濘的地上，朝屋角前進。圍牆外緊臨馬路，要是東西丟在那裡置之不理，難保會被人看見。一陣突來的震動，低沉的引擎聲隨之靠近，我縮起脖子。車頭燈瞬間照亮雨絲，揚長而去。似乎不是附近住戶。

母親搬出來的梯子是鋁製的，意外輕。我雙手撐住梯子，慢慢放倒在地。小心不發出聲音，打開固定關節的零件。輕手輕腳地把梯子折成兩半，收進儲藏室。四下張望一下，周圍還是一樣漆黑，除了雨聲，沒有動靜。

我放下心來，心想這下就沒問題了，然而疑問依舊沒有解開。

母親爲什麼要那樣做？即使因爲遙的事而失去平靜，跟她那種行動又有什麼關係？

傍晚親戚回去，我原本打算留下來幫忙收拾杯盤狼藉的房間。但母親說她一個人就行了，不要我幫。當時她的態度莫名頑固，我解讀爲一定是姑姑的話傷了她，她想要一個人靜一靜。

回家後，道別時母親陰沉的表情依然讓我掛心不下，一入夜，我打電話回來。

那個姑姑就是非要碎嘴才甘心。

我本來想這麼說，給母親打打氣，但母親沒有接電話。我以爲她洗澡了，但後來又打幾次，都沒人接，我放心不下，叫了計程車。從我在都內的公寓到埼玉老家，搭電車約四十分鐘車程，還趕得上最後一班車。

花一個小時到家，原本的淅瀝小雨變成豆大陣雨。屋內亮著燈，但按門鈴無人應門。我用備份鑰匙進屋，沒看到母親，叫也沒人回應。我懷著滿腔不安，正要上去二樓，頭頂傳來金屬磨擦聲，以雨聲而言很不自然。

我出去庭院，朝聲音傳來的方向凝目細看，發現在黑暗中活動的黑影，差點尖叫出來。

「媽，妳在做什麼？很危險啊！」

我勉強鎮定情緒，出聲叫喚。母親停下動作，回過頭來，眼睛散發出異樣的光采。呼出來的氣變成白霧，在口邊浮現又消散。

居家服的布料被雨打濕，沉甸甸貼在細瘦的身體。她雙手撐在鐵皮上趴伏著，肩膀上下起伏。母親人在屋頂上。

二

收好梯子回到和室，母親正在換掉濕答答的衣服。單薄嬌小的背部，肩胛骨像瘤一樣突出。母親注意到我，回過頭：

「妳要留下來過夜吧？洗澡水我重新加熱了。」

我點點頭，內心對母親一如平常的語調感到困惑。

「妳突然跑回來，嚇我一跳。怎麼不打通電話？」

「我打了，可是妳沒接啊。」

「一定是累了，不小心打瞌睡了。今天實在忙壞了。不好意思，我先休息。都這麼晚了，妳也早點睡吧。」

母親一手揉著後頸，準備走出和室。

「屋頂漏水，我本來想修，可是外行人沒辦法呢。下次我會找師傅來修理。」

母親沒有看我，假惺惺地喃喃說，打開紙門。

根本沒有漏水。

我想這麼說，嘴唇卻凝固似動彈不得。我直盯著紙門的橫檔，聽著母親遠離的聲息。沒多久便傳來關門聲，宛如拒絕。

即使逼問，母親也不會回答吧。

我死了心，這麼告訴自己。開始動手收拾，就像要甩開無法踏進母親內心的後悔。

把留在矮桌上的垃圾丟掉，用抹布仔細擦拭桌面，立起來靠放到牆邊，免得礙事。平常不用的折疊式餐桌疊起來收進壁櫃。凌亂地丟了一地的座墊每五張疊在一起放進收納袋。外燴的碗盤端到廚房，用舊報紙稍微拭去油污，泡在溫水裡。流理臺堆著骯髒的杯子和小碟子沒洗，一樣分類後泡水。泡水時，我用掃把清掃和室。掃完後再回到廚房，從比較不髒的餐具開始清洗。

不要的東西丟掉，該收的東西收起來。收拾好再進行清潔。要按部就班、有條有理。把房間整理乾淨，感覺自己的心一起變整潔了，對吧？

我從小就被母親這樣教育，成了反射性動作。每當陷入迷惘，我都會習慣性動手整理環境。把洗好的碗盤擦乾疊好，腦中浮現父親和遙。

四個月前，父親被醫師宣告來日無多。父親說背部作痛，帶去醫院檢查，已經是肺癌末期。醫生說都轉移到骨頭，沒辦法動手術。父親當了三十八年的小學老師，才剛退休，就面臨這樣的噩耗。

「老師從來不生氣，上課也一直脫線講別的事，很受學生歡迎喔。不過親師會的媽媽們都不喜歡他，說老師當她們小孩的導師後，成績都一落千丈。」

我讀國中時，父親任教的小學畢業同學這樣告訴我。

指導教師是父親最後的職銜。他笑說管理職考試年年落榜，最後連上頭都懶得勸他報考。

父親是個沒辦法努力的人。抽菸也是，整天說要戒菸，直到最後都是癮君子。

想要在死前見遙一面。

得知來日無多，父親不停這麼說，這是真的。

遙是父親抱回來的孩子。

那時候我六歲。父親的好朋友夫妻遇到車禍，雙雙過世，留下五歲的遙。夫妻倆沒有親人，遙只能送去孤兒院，於是父親把她收爲養女。

母親雖然困惑，但還是答應父親的懇求。後來我聽說理由是母親生下我時，因爲植入性胎盤，切除子宮，再也無法生育，所以決定再收養孩子。

突然變成妹妹的遙，遲遲不肯親近同樣突然變成姊姊的我。

「妳是姊姊，怎麼比我還矮？」

第一次見面，高大的遙俯視著我，嘴唇扭曲地說。

對於能否和這樣的女孩變好，我感到很不安，但對於獨生女的我來說，多了個妹妹，讓我非常開心。我也擺出姊姊的架勢，借她玩具，或讀繪本給她聽。起初遙態度反抗，說「我才不要那種東西」、「好無聊」，但是一起生活的過程中，兩個年紀相近的女生自然而然玩在一起。

如今回想，遙失去父母，突然被帶到陌生的家庭。她一定拚命在當中找自己的位置。當然，我們三不五時拌嘴，但每次吵完架就會和好，兩人愈來愈像姊妹。

遙個性強悍，卻很愛哭。什麼庭院的樹上有毛毛蟲、被同班男生拍書包，這點小事就能讓她的渾圓大眼盈滿淚水。

每次遙一哭，父親就會用我從來沒聽過的甜蜜口吻安慰她。把她抱到盤起的腿上搖晃她，還把手伸到她的腋下搔癢取悅她。比起我來，父親更關心遙，更加倍照顧她。每次遙和我吵架哭出來，父親就會不分青紅皀白地罵我：「做姊姊的怎麼這樣！」

「不可以偏心。遙已經是我們家的小孩了，應該一視同仁才對吧？」

我看過母親在遙不在場時，這麼規勸父親。當下父親同意說知道了，卻依然故我，繼續寵溺。別人說什麼，嘴上會敷衍說好，但絕對不做自己不想做的事。一直到更後來，小時候的我才發現父親這樣的性情。

「的確，考慮到將來，差不多得考個教務主任才行了。」

父親在母親面前表現得很有上進心，但每逢休假，每週都跑去做他最喜歡的釣魚，從來沒看過他在準備考試。被親戚說幾句，就答應照顧失能的祖母，實際上都是母親在工作和家事的空檔照顧，直到祖母過世。

「爸對媽真的抬不起頭。我們家能夠維持，全多虧妳們媽媽。」

晚飯時三杯小酒下肚，醉得陶陶然，父親便經常對我和遙這麼說，抬高母親的價值，但從來不曾幫忙說這話時正在廚房忙著洗碗的母親。

對於這樣的父親，母親有何想法？

每當看到父親、對父親說什麼的時候，母親的眼睛總是一片陰影，就好像罩上一層膜。一起聆聽醫師說明病情、握住呼吸困難而喘氣的父親手時，母親都以那沉靜陰暗的眼神注視著虛空。

和護士一起擦拭變得冰冷的父親遺體、用筷子夾起散發熱度的白色骨片，母親依然是槁木死灰的眼神，但又以和打理家務同樣確實的動作，做好一切。

所以當母親看似爲了父親的事大受動搖時，我印象格外深刻，記得一清二楚。那也是關於遙的事。那是遙成爲我們家人的第一個新年。親戚聚會時，那個壞心眼的姑姑就像故意說給母親聽，大聲說道：

「哥會那麼疼遙也是難怪啊，畢竟她可是哥初戀情人的女兒呢！」

三

隔天早上，我在客房被窩醒來。枕邊手機顯示六點半。打開紙門，味噌湯的香味飄了進來。

「早。謝謝妳幫我收拾，幫了我大忙。」

站在廚房的母親回頭說。聲音開朗，彷彿昨天的事不曾發生。

「妳要直接上班吧？」

我將母親遞過來的碗擺到桌上，打開冰箱。

「嗯，我沒帶化妝品來，可以借我嗎？」

取出裝醃菜的保鮮盒，盛進小缽裡。這段期間，母親在盛飯。

「咦，用媽的可以嗎？妳是敏感膚質吧？……啊，架子上的海苔也拿出來。」

我們進行著一般母女對話，彼此手忙個不停。我等母親在餐桌坐下來，拿起筷子。母親的味噌湯總是放了許多料，味道偏淡。

「可是妳昨天那麼晚跑出來，妳室友不會說什麼嗎？不會覺得妳很隨便，對妳印象扣分吧？」

母親想起來地說。眞心爲此擔心的模樣教人好笑。不管向母親解釋多少遍，她似乎就是沒辦法把我的室友當成單純的室友。

「我們只是住在一起而已，連朋友都算不上，不用管那麼多啦。我室友也是，想要什麼時間出去玩就出去玩啊。」

「欸，找個時間請他來我們家吃個飯怎麼樣？媽也想見見他。」

「不要啦，他又不是我男朋友。」

爲了不讓這個話題持續，我急忙把飯扒進嘴裡，放下飯碗。

「我不想跟一堆人擠電車，早一點出門喔。我會再回來看媽。」

我一邊在洗臉檯梳妝，一邊對著在廚房洗碗的母親大聲說。流水聲讓我聽不清楚母親的回應。

我正要把借用的化妝品放回原位，注意到架子深處有個小瓶子。

像感冒藥，但標籤撕掉了。外瓶是深褐色的，看不清楚內容物。乳白色的塑膠瓶蓋，有疑似沾到泥巴的黑色痕跡。昨晚母親的手也有一樣的黑色髒污。我的胸口正中央噗通一跳。

我慢慢伸手。拿起來一看，輕得就像空瓶，但隱約有小石頭滾動般的觸感。舉起到眼睛高度，對著光線一看，裡面裝著白色小顆粒。形狀扭曲不規則，不像藥丸。

「再十五分鐘公車就來了。」

僵硬的聲音近在背後響起。母親看也不看這裡，幫洗衣籃裡的衣物分類。

「好，謝謝。我差不多要走了。」

我在丹田使勁，免得聲音顫抖。輕輕地把瓶子放回去。

「路上小心。要來的話先打個電話。」

我聽著背後母親的聲音，穿上鞋子。

「知道啦。我走了。」

我勉強擠出明亮的聲音，打開玄關門。離開家的路途，一次也沒有看母親的臉。

前往公車站的路，是平緩的上坡。二線道的狹窄馬路兩側種著銀杏行道樹，鮮黃色的落葉層層疊疊貼在昨日雨水未乾的柏油路上。太陽的位置還很低，陽光反射在家家戶戶的屋頂上，閃耀得眼花繚亂。

小學到高中，我每天早上都和遙一起爬上這條坡道。揹著書包，穿著只有領巾顏色不同的同款水手服。騎著慶祝考上高中買的自行車，比賽誰先騎到坡頂。

我高中畢業升上大學，搬到東京生活的一年間，遙孤單一人爬上這條坡道。就在這一年之間，遙變成了我不認識的遙。

十年前，遙的畢業典禮那日。

我接到連絡說要慶祝，久違回到老家。明明相距電車不到一小時的距離，但我因爲上課和打工太忙，和家裡疏遠了。

我買了款式有些成熟的洋裝，和遙喜歡牌子的馬克杯組當她的畢業贈禮。進入青春期，遙長得更高。相對於修長的手腳，自小的圓臉依然如故，那樣的不平衡顯得特別可愛。

時隔幾個月再會的遙，連長相都變了。好像瘦了一些，顴骨格外醒目。渾圓的眼睛疲憊凹陷，眼眶底下整個泛黑。她畫濃濃眼線，貼上沉甸甸的假睫毛，就像要隱藏疲態。原本烏黑亮麗的頭髮漂得顏色刺眼，乾燥的髮稍毛燥蓬鬆。

「姊，爲什麼妳都不回家？」

遙抖動著擱在沙發上的腳，瞪著我說。我把禮物包遞過去，她也不拆，擲在地上說：「我沒考上志願學校，妳沒聽說嗎？」

遙不耐煩地關掉電視，粗魯扔掉遙控器。母親躲在廚房不出來，像在逃避。只傳來鍋子咕嘟嘟滾沸的聲音，和切菜的剁剁聲。

「爸還沒回來嗎？」

我問起父親，遙的肩膀猛地一震。

「——那傢伙不會回來了吧。」

遙撇著嘴說，嘴唇浮現不自然的笑，瞪得大大的眼睛噙滿淚水。

「怎麼會——」

「因爲被媽抓到了啊。」

不知不覺間，切菜聲中斷了。

「姊搬出家裡，那傢伙開始跑來我房間。我想要跟姊說，傳了那麼多訊息給妳，叫妳回來，可是妳根本不理我。那傢伙會給我零用錢，所以我勉強應付他，可是再怎麼樣也不可能讓他搞到最後吧？昨天我鬧起來，被媽發現了。倒不如說，媽其實早就發現了吧？就算發現，也只能假裝沒發現嗎？那不是自己的老公嗎？怎麼不像自己成天掛在嘴上的，自己收拾掉！」

遙憤恨說完，站了起來。她俯視著還是一樣比妹妹矮上許多的我，一字一頓，慢慢地說：

「我恨死那傢伙了，我恨媽，也恨妳！妳們這一家子全都噁心死了，跟妳們沒有血緣關係，眞是感謝老天爺！」

我摑了遙一巴掌。遙踉蹌一下，仍揪住了我的頭髮，她把我拽倒在地，騎了上來。她舉起手，所以我交叉雙手護住頭。我一面挨打，一面扭動身體設法掙脫。臉的旁邊就是禮物包，我情急之下抓起來揮舞。一陣沉重的手感，遙的身體離開了。

遙蜷縮起來，按著額頭，動也不動，鮮血從蒼白的臉頰流下來，滴落在地毯。馬克杯的碎片從紙包裡掉出來，散落一地。母親喊叫著，搖晃我的肩膀。

我調整呼吸，茫茫然地思考清掃的步驟。

這天晚上遙離開家，再也沒有回來。

四

父親的法事過兩週，我又再次回老家了。

那天午休結束，回到辦公桌，發現有張便條，說我室友來電。掏出手機一看，上面有好幾通未接來電。我轉成靜音，所以沒發現。我打電話回去，室友聲音驚慌地說：

「有警察打電話來，說媽跟推銷員起了糾紛，要妳去派出所接人。」

我向上司說明原委，上司叫我立刻早退。我跳上平日空盪無人的電車，望著車窗外明亮的街景，回想起之前那件事。

爬上屋頂的母親。盥洗室架子深處的小瓶子裡裝的東西。

母親想要做什麼？我能想到的只有一件事，但理由不明。事到如今，有什麼必要那麼做？

遙離家後，母親把遙的房間徹底清理掃除。連床單和被套都剝下來洗，一次又一次用吸塵器清理，就彷彿要抹去遙的痕跡。

我因爲不想見到父親，只有盂蘭盆節和過年才回家。每次回家，我知道房間裡遙的東西又變少一些。衣物、書本、布偶，還有小時候畫的畫。花了漫長時間，遙眞的從這個家徹底消失。

母親應該是想要把遙找回來了。

抵達派出所，得知和母親起衝突的是白蟻除蟲公司的推銷員時，我如此確信。

「推銷員也太強勢了，令堂說不需要，他卻說檢查不用錢，硬要鑽進地板下面，結果令堂朝他丟石頭，叫他滾出去。石頭砸到肩膀，只是瘀青而已，但萬一打到頭還是哪裡，會受重傷的。所以我只是警告她一下而已。」

年輕警察對母親抱持同情的態度。市內最近好像有除蟲業者用相同的手法，強迫鑽進房屋地板底下，擅自檢查。他們專挑獨居老人下手，索取高額驅蟲費用。推銷員好像被帶去警察署問案。

「如果對方不提告，這件事這樣就結束了。我想應該是不會有事，不過往後要是遇上麻煩，請打電話到派出所。」

警察將印有派出所電話的名片遞過來，我和母親再次行禮。母親目光低垂，撇著頭不看警察，收下名片。刻畫著深紋的額頭泛著汗珠。

母親和我默默無語回家。繞到庭院一看，簷廊前面的泥土凌亂，盆栽翻倒，掃把掉在地上。我將那些東西收拾好，去盥洗室洗了手，和母親面對面坐下。

「媽是想要從老鼠口中搶回這些吧？」

我將從盥洗室拿來的褐色藥瓶放到桌上。母親睜大眼睛，注視著那只小瓶子。

「爸在遙小時候，都會把她掉下來的乳牙丟到屋頂上或地板下，對吧？說只要向老鼠拜託，就會長出健康的牙齒。」

那天母親爬到屋頂上，就是撿這些牙齒。應該是聽到親戚聊起，想起這些地方有遙的乳牙。

「不肯讓推銷員進去地板下面，也是不想讓他踩到還沒有找到的乳牙嗎？」

這時，母親第一次抬起頭。她不安皺眉，定定地看著我；

「——萬一被找到，有麻煩的會是妳吧？」

聲音幾乎是囁嚅。

「我會有麻煩？怎麼會……」

我歪頭反問，結果母親突然說出格格不入的話：

「DNA啦。遙的。」

腦袋深處爆出火花。

啊，原來是這樣嗎？媽是——

「找到遙的時候，只要一檢查就會知道是她了吧？所以遙的東西我全部丟掉了，一個也不剩。

因爲十年前的那天晚上，妳不是三更半夜跑出去嗎？帶著遙。」

母親說她想要替我收拾善後。

「那個時候，妳把遙殺掉了對吧？」

十年來母親壓抑在心底的懷疑，一下子潰堤而出。

一次又一次清掃遙的房間、把遙的東西全部丟掉，還有現在到處撿拾屋頂上和地板下遙的乳牙，都是爲了把能夠比對遙的ＤＮＡ的存在，從這個家掃除殆盡。

好讓遭我棄屍的遙屍體被人發現時，查不出身分。

五

「媽，沒事的。」

我對肩頭顫抖著哭泣的母親說。

「不用擔心，不會有事的。」

我把手疊在緊緊握住藥瓶的母親手上。我必須自己收拾善後才行。

「接下來的事我自己來。」

我溫柔地扳開母親的手指，拿起藥瓶。我不知道該說什麼好。只是撫摸著母親的手，說著「沒事的，已經沒事了」。

我說我會再來，離開家裡。一面走上坡道，一面觸摸著大衣口袋裡的藥瓶。

如果母親是爲了找回遙而蒐集這些乳牙的話。

或許我們就能得救了。

抵達公寓，天色已經整個全黑。我把鑰匙插進門裡，發現門旁的廚房窗戶透出燈光，鬆了一口氣。不必一個人承擔這種痛苦的心情，令人慶幸。

「這麼晚，我正在擔心呢。怎麼不打通電話？媽沒事吧？」

對方停下忙碌切蔥的手，表情有些生氣地瞪我。

「嗯，只是被警察警告了一下。媽好像對驅除白蟻的推銷員丟石頭。」

把大衣掛上衣架，取出口袋裡的東西，我猶豫一下，像母親那樣放在化妝品架子的深處。

「嗄？什麼跟什麼？媽沒事吧？」

對方揚起眉毛，把砧板上的蔥花用菜刀掃進鍋子裡，俐落地清洗菜刀和砧板。

「唔，她好像不太穩定。往後我想多回家看看。」

我依序接過她洗好的菜刀和砧板收好。餐桌上已經擺好波菜沙拉和炒蓮藕。微波爐響了，我把熱好的魷魚拿到桌上。白飯和味噌湯端上桌，我們面對面坐下，拿起筷子。

「——對了，媽叫我帶妳回家吃飯。」

我用筷子撥著魚肉，若無其事提起。

「呃，沒辦法吧？不可能啦。我才不想哩。」

聽到她這麼說，我放下心。母親滿腦子只想要爲我隱瞞罪行，我不能讓她們見面。

我必須從傷害遙的父親和母親手中保護她。

所以讓他們以爲遙和我大吵一架之後離家出走了。

十年前那個晚上，我把收拾好行李的遙送到我在東京租的公寓。遙平靜下來，住在我這裡，開始打工。

我也伸出援手，遙花了一年存夠學費，進入技職學校就讀，現在是一名美容師。我在出社會的時候，從原本的小公寓搬到現在的大公寓，但母親自己也有工作，不會特地跑來東京看女兒，所以可以一直隱瞞我和遙住在一起的事實。

不過我完全沒想到母親居然以爲我殺了自己的寶貝妹妹。

「妳笑什麼啊，姊？」

「沒有啊。只是覺得妳煮的味噌湯跟媽的味道一樣。」

「因爲就是媽教的啊。」

說到母親，遙的表情有一點點懷念。

緊緊握著藥瓶，哭個不停的母親，是否多少想起了遙？如果是的話，或許有朝一日，我可以向母親坦承這一切，讓她和遙再會嗎？

我想要慢慢思考對遙最好的選擇。

父母對遙做的事，我必須替他們善後。

雖然責任重大，但我還滿喜歡按部就班、循序漸進地解決問題。

水壩深底

一

「爸，這個週末可以帶我去水壩嗎？好久沒去了。」

六月中旬，獨生女香苗突然如此要求。

新的一週開始，連日都是雨天，缺水問題總算解決，我任職的水道課歡欣沸騰。事情就在那個週四的晚上。

「眞難得，怎麼突然想去水壩？」

我拿著配晚飯的啤酒杯問，將過度軟爛的毛豆送進嘴裡，等待香苗回答。下班回家順路買的超市打對折毛豆，因爲容器蓋子上的水滴，味道都被稀釋光了。

香苗坐在四人餐桌斜對面，雙手捧著毛巾在擦剛洗好的濕髮。染成亮色的細軟髮絲，在螢光燈底下閃閃發亮。

「班表變更，週六突然休假。」

香苗把正播著歌唱節目的電視機音量轉小，扶著椅背，只有半個身子轉過來。最近香苗愛用的水果香味沐浴乳的香味微微飄過來。

去年從夜間高中畢業的香苗，現在在父女兩人同住的公家宿舍走路二十分鐘的超商打工，週末難得可以休假。

「想說偶爾跟爸兜個風。」

香苗說完，斜斜望著我，像母親的修長大眼即使不化妝，也碩大分明。

我和妻子史子在香苗國中時離異。即使在女兒的臉上見到妻子影子，現在也幾乎不會勾起任何情懷了。

香苗多久沒有主動邀說要一起出門了？我莫名緊張起來，沒有意義地抹了抹嘴。

「兜風的話，不一定要去水壩吧？那邊沒什麼好看的啊。」

我不起勁應道，免得被看出內心的慌亂。

香苗說的是這個町唯一一座中型規模的防洪水壩。

這座水壩是日本最常見的混凝土重力壩，以梯型的混凝土壩體來抵抗水流，堤高七十五公尺，堤頂長二五〇公尺，總蓄水量爲六五〇萬立方公尺——公所的水道課官網上如此記載。

水壩在戰後不久昭和三十年動工，耗費五年光陰完成。水壩湖底，有二十戶的聚落沉沒在此。

這處市區的公家宿舍，離公所約十五分鐘的公車路程；要從這裡前往水壩，必須穿過住宅區，朝通往山區的田園地區開車約十公里，然後在通往鄰縣的山中細小鋪裝道路爬坡將近一個小時才能到達。

「最近休假都只有出門買東西，所以想坐車出遠門逛逛。小時候爸不是常開車載我去看那裡的水壩嗎？」

以前每逢休假，我都會開車帶當時還是小學生的香苗出門，這是妻子史子拜託的。史子經常埋怨，說每天在家跟小孩大眼瞪小眼，她都快窒息了。最起碼你週末該陪女兒玩一下吧——她半強迫地把照顧香苗的工作塞給我。

我也邀過史子一起去，說既然要出門，就全家三個人一起；然而別開臉不願看香苗的史子，那張倦容散發出不容我開口邀約的壓力。我聽從妻子要求，週末經常和香苗兩個人過。

當時我萬萬沒有想到，史子居然乘著丈夫女兒不在，泡在小鋼珠店，和在那裡認識的年輕人勾搭搞外遇。

每逢週末，我便帶著香苗回鄰町的老家，或是帶她去百貨公司頂樓的遊樂園玩，去過許多地方，但香苗最喜歡上山兜風。

一開始我擔心她會不會暈車，但每當身體在過彎時甩來甩去，香苗就好玩地發出歡呼。不過只有過隧道，她不知道在害怕什麼，雙手緊緊摀住耳朵，低著頭不敢抬起。

當時就在水道課任職的我，持有水壩管理員專用的鑰匙，可以把車開進一般車輛無法進入的鐵柵門，近距離眺望水壩湖，感受那質量龐大的水散發出來的特殊冰冷空氣。

奇妙的是，香苗很喜歡深邃青綠色湖水盪漾、寂靜倒映出山脈和天空的水壩。風大的日子，水面會形成捲積雲般的細緻漣漪。

有時剛好遇上洩洪日。我們兩個從堤上狹窄的通道，一起俯視著從混凝土壩體噴發出來的白色水霧。香苗用小小的手緊緊抓住我的手指，注視著巨大人造瀑布，以及在上頭閃閃發亮的彩虹。

「這陣子一直缺水，暫時應該不會有洩洪可以看喔。」

我回想起當時臉頰潮紅的香苗側臉說。香苗搖搖頭說「沒有洩洪也沒關係」。

「今天我跟同一個班表的男生聊天，他說高中的時候，課外教學去過那座水壩。聽到這件事，總覺得懷念起來。」

「妳說的男生，難道是那個染金髮、像不良少年的傢伙？」

約兩週前，說是打工同事的年輕男子騎機車載香苗回家。

逐漸靠近的噪音讓我皺起眉頭，從宿舍窗戶往外看，香苗正跳下一看就是飆車族騎的那種改裝消音器和座墊的機車。

我打開窗戶，大吼叫對方熄火，直接衝下樓，結果年輕人一臉緊張，拿下安全帽向我頷首致意。年輕人有著一對溜肩，個子很矮，體型纖細，就像還未完全成熟。

「我叫吉永，是香苗小姐的同事。店長叫我送香苗小姐回來。」

吉永聲如細蚊地解釋，香苗看不下去，接著說明原委。

香苗回家路線的巷子，這兩天連續發生當街搶劫案，店長因為擔心，指示兩人下班一起回家。

「對，就是那時候送我的吉永。人家又不是不良少年。他說他一邊打工，一邊玩樂團。」

「如果不是不良少年，怎麼會騎那種機車？」

「那次好像剛好跟前輩借車。他平常都騎普通的小綿羊啦。」

香苗的說法就像在替吉永說話，我愈聽愈不是滋味，但我強忍下來，沒有發作。這陣子我已經不會再不分青紅皂白地胡亂指責，惹得女兒不開心了。

「要不然妳乾脆叫那個吉永載妳去啊。難得休假，跟老爸兜風也沒什麼意思吧？」

瞬間，香苗的眼中浮現複雜的神色，既像驚訝，又像悲傷。

就像要隱藏那種情緒，香苗在桌底下輕踹我的腳：

「我跟吉永又不是那種關係。而且人家週六要上班。」

雖然嘴上氣呼呼的，但唇角上揚在笑。

那笨拙的笑容，和史子如出一轍。

有一次一起出去玩時，香苗突然肚子痛，所以我們提前回家。當時史子正送男人離開宿舍玄關。和我四目對照，史子露出困惑的笑。

香苗發出清脆的「碰」一聲拍桌，就像要驅散我的回憶：

「週末去水壩兜風，就這麼決定！」

香苗收起尖細的下巴，噘起嘴唇瞪住我。香苗從以前就是聽話的小孩，但偶爾會像這樣，絕不退讓。那挑釁般的表情，和小時候完全沒變。我只能苦笑著點點頭：

「好，那就週六。」

要開一大段山路的話，最好先檢查一下汽車胎壓比較好。

我決定明天下班後去一趟加油站，站了起來，從冰箱又拿了一罐冰涼的罐裝啤酒。

沖洗空罐，丟進廚房的不可燃垃圾袋，差不多要上床睡覺。

這時香苗臉對著電視，突然問道：

「爸，你還記得最後一次跟我去水壩的事嗎？」

正要伸向通往走廊的門，手停在半空。

不可能不記得。

那是香苗十六歲——十二月下旬的事。

「晚上對吧？爸突然跑來我房間。」

回頭望去，香苗轉過來對著我。香苗的聲音很僵硬。

「為什麼那天爸要帶我去水壩？」

我覺得必須快點說點什麼，張開嘴巴，卻發不出半個字。

香苗發現多少了？

我猶豫一下，深深嘆一口氣。

香苗不安地垂下目光，雙手在桌上緊緊交握。

「——那時候妳都關在房間裡不出來，爸很擔心。」

我立下決心，一字一頓慢慢說。我早已盤算好，萬一哪天香苗問起，就要這麼回答。

自己的聲音聽起來就像別人，假惺惺極了。

香苗剛上國中沒多久，我和史子離婚了。後來香苗就不去上學，關在自己的房間不出來。

我也找過導師和專門輔導繭居族的心理師求助過，但得到的回答都一樣：現在只能相信孩子，在一旁守候。

我一直等待香苗走出房間的那日。這時接到史子的連絡——

那天晚上，我無論如何都非把香苗帶去水壩不可。

「可是，為什麼要挑那麼晚的時間……？」

香苗盯著自己的雙手問。話聲未落，我沙啞的聲音便連珠炮似地說：

「我是靈機一動，覺得帶妳去小時候喜歡的地方，或許妳就會打起精神來了。」

這虛假的藉口，香苗相信了嗎？

「……這樣喔，我知道了。」

香苗喃喃地說，身體再次轉向電視機。

她的背影，對我丟出沉重的疑問：

「那天晚上，爸**把什麼東西丟進水壩了**？」

我無從回答，乾咳一下，落荒而逃。

二

我在潮濕的被子裡翻來翻去。

屋齡四十年的宿舍是鋼筋水泥建築，每到這時期，濕氣就會變得很嚴重，連牆壁都會結露。史子老是說想快點在郊外買塊地蓋房子搬出去。

格局二房三廳，靠北的房間日照特別糟，這裡當成我的臥室，面南有陽台的房間給香苗睡。

三坪大的臥室除了小書架、掛衣架、擺著筆電的矮桌，什麼都沒有。放書架的牆壁另一頭客廳，隱約傳來電視聲。

這是爲了保護香苗。我這麼告訴自己。

把「那件事」當成祕密，不是保護我，而是保護香苗。

香苗從夜校畢業，開始打工，是短短一年前的事。

我再也不希望她又關在房間裡不出來了。

發現史子外遇，是香苗小學五年級的事。

我一再勸史子跟對方分手，然而史子嘴上說著已經分了，卻瞞著我繼續跟男人偷情。

最後，她居然說懷了男人的孩子，在離婚申請書上蓋了章。香苗剛上國中。後來我發現懷孕是假，但那時候史子已經離開這個家了。

從那年暑假開始，香苗的樣子就不對勁起來。

香苗的房間每晚都亮著燈到很晚，隔天一直睡到中午才起床。我心想既然是暑假，也就沒有多計較，但我在客廳的時候，香苗不肯出來，然後趁我不在時，吃剩飯剩菜或速食果腹。我忍不住擔心起來，問她怎麼了，香苗卻在門內以迫切的聲音說：「暫時不要管我！」

我煩惱著該如何處理女兒突然的變化才好，第二學期就開始了。

我向導師坦承家裡的問題，老師的建議是，這種時候不該強迫把孩子從房間裡拖出來。

後來我透過公所的社福課，找到專門輔導繭居族和拒絕上學問題的專家求助，得到的答案依然是在一旁靜靜守候，直到孩子自己願意有所改變。

這種狀況要持續到何時？我得像這樣守候到幾時？

對我來說，這段時間彷彿漫無止境。處在當時的漩渦時，我覺得時間彷彿得到質量般沉重，層層纏繞著我。

但如今回想，感覺像是人生中短暫的片刻。

最後香苗靠著自己的力量重新站起來。

某天她突然說想讀夜校，把她申請的資料交給我。那是距今四年前的事。

就像甩掉身上的壞東西，香苗從不請假，天天上學，畢業以後自己面試，開始在超商打工。她說她的夢想是存一筆錢，到英國留學。

後來我問她契機，她笑說「我自己也不知道」。

「現在想想，我自己也不知道爲什麼沒辦法走出房間。只是有太多讓人難過的事，我好像把自己關起來了。然後某個時間點，我突然發現心情不知不覺間輕鬆多了。我覺得好像可以恢復正常了，所以才想繼續去學校。」

我聽著香苗明朗述說，恍然她無法離開房間的那段時間，應該是爲了讓她受傷的心休養。

我回想起當時虛脫般的感受，苦笑著又翻了個身，忽然發現客廳傳來不同於電視機的聲音。

嘰……是開門的聲音。接著窸窸窣窣，像在移動什麼。

客廳只有兩道門，一道連著走廊，一道是客廳裡約半張榻榻米大的櫃子。走廊上沒有人的動靜，那麼是香苗打開了櫃子。

說是櫃子，原本是放佛壇的空間，把門片換成較現代的樣式，只是個普通的置物櫃。內部共三層，收著急救箱、工具組、罐頭等食品。靠門的地方擺著打掃工具。

我靜靜在床上起身，豎耳聆聽牆外動靜。或許只是從置物櫃裡取物罷了，但三更半夜，令人莫名好奇。

隔天星期五，是梅雨晴時。

香苗在我用早餐前就出門。她的打工班表是晚班，但每週有一天早上，她會到站前的文化學校上英語會話課。

「我快來不及了，垃圾給爸丟喔。」

彷彿昨晚的對話不曾發生，香苗恢復往常。

「喔，好，路上小心。」

看到她的態度，我也像平常一樣回應，同時煮熱水沖咖啡。

聽到玄關門關上的聲音，我輕輕熄掉瓦斯爐的火。用早餐前，我想確定一下昨天的聲響。

我打開置物櫃的門，但看不出異狀。

吸塵器放在靠外面的地方，下層是儲備食品，中層是工具類，最上層放著平時不用的電烤盤和戶外用品。

我看著上層，注意到某件事。應該塞在烤肉爐箱子上，我的黑色背包快滑下來。

原來是在看這個東西嗎？我鬆了一口氣。根本沒什麼，香苗是在查看背包收在哪裡，準備週六兜風時帶去。

我正要把即將滑落的背包推進深處，發現手感不太對勁。

背包應該已經多年未曾使用，裡面卻好像裝著東西。我覺得奇怪，直接拉出來，抱在懷裡一看，頗有重量。

裝了露營用品，忘記拿出來嗎？

我打開拉鍊，取出內容物，完全不懂裡面怎麼會有這種東西？

背包裡面裝著**女用手提包**。

而且不只一個。

顏色和款式都不同，顯然並非全新品，總共六個。

我就像被催促，打開皮包檢查裡面。

手帕、面紙、化妝包、錢包。眼藥水、防曬乳、鑰匙環等等，琳琅滿目。

還有不知爲何，全都被硬物打碎似遭到破壞的手機。

我用發抖的手檢查錢包。錢包裡的卡片和紙鈔都被抽走了。

我想起不久前聽香苗提起的事。她說這附近發生連續當街搶劫案。

這些皮包是被害者的嗎？

它們怎麼會在這個家裡？

除了我以外，能把這些東西拿進家裡面的——就只有香苗了。

三

這天我魂不守舍，無心工作，未繳費的人打電話來詢問，我卻忘了問對方連絡方式，或是在窗口業務弄錯收文章的日期，小錯不斷。

早上看到的背包物品在腦中縈迴不去。

幸好距離月底還很久，不用加班，我準時下班離開公所。

天色還是亮的，濕暖的風吹動著路樹。公所面對四車線國道，這個時間形成下班回家的車龍，無數的紅色煞車燈連成一串，時明時滅。

我坐上停在公所後方停車場的白色小廂型車，如同預定，前往自助式加油站。加滿油，把輪胎打氣到胎壓稍高。

因爲一陣子沒洗車，順便洗了一下。

去水道工程現場或進行水質調查時，開的是公務車，因此車子並不髒，但我就是想找事情做。

我在加油站角落的洗車場用高壓清洗機自助洗車。車頂、擋風玻璃、側面，由上而下依序塗抹清潔劑洗去污垢，最後甚至拿抹布把保險槓擦乾淨，這時四下已經暗得差不多了。

我挺直腰桿，望向街道西側的山脈稜線。從這裡看不到水壩，但看得到水壩上游突出的幾座鐵塔。天空的橙紅已經染上青色，呈現暗紫。

如果要回去宿舍，就是在國道上繼續筆直前進，但我忽然想到，決定去個地方。行經車少的巷弄，穿過住宅區，靠近目的地，把車開進投幣式停車場。

熄掉引擎，我注視著馬路對面燈火輝煌的店內。

我打算在遠處觀察，如果沒事，就直接打道回府。

下了車，快步經過剛好轉成綠燈的斑馬線，站在靠人行道設置的看板後方，躲開燈光。

香苗打工的超商擠滿下班回家的顧客，停車場不斷有車輛進出，定睛細看店內，香苗在櫃臺忙碌地打收銀。在家裡看不到的對外人笑容，總讓人覺得不好意思。我很想再靠近一點看，但想到可能會被店門口的監視器拍到，還是決定保持距離。

站了約二十分鐘，客人數量漸漸少了。香苗好像開始補貨，蹲在便當區前面。收銀臺由貌似主婦的四十多歲女子接手，俐落結帳。

一直站在同一個地方，可能會引起路人的懷疑，我走向超商隔壁的自助洗衣店。兩家店之間有比我更高的隔牆，不必擔心被人看見。

自助洗衣店裡沒有客人，我無所事事地在門口來回走動。超商的換氣扇剛好對著這裡，店內好像正在製作炸物，香味刺激了我的飢餓感。香苗上晚班，晚飯我都一個人吃。回程就去平常那家超市，買打對折的熟食回家嗎……？

我漫不經心地想著晚飯吃什麼，這時近處傳來開門聲。我忍不住繃緊身體，但自助洗衣店還是一樣沒有人。好像有人從隔壁超商的後門出來了。

「——對，現在休息時間。」

似乎是在講電話，那略高的男聲我有印象。

一定是那個機車男——吉永。剛才在店裡沒看到他，應該是在辦公室。

「喔，你拜託的東西已經丟掉了。喏，山上不是有座水壩嗎？」

吉永的話讓我的後頸爬滿了雞皮疙瘩。

我屏住呼吸，全副意識集中在傳來的聲音。

「我叫打工的同事開車去的。喏，我不是說過，有個女的對我百依百順嗎？啊，那沒問題。我照你說的，沒有打開，直接丟掉了——我是不太清楚怎麼回事，可是請別再找我做這種事了。我不太想蹚渾水。這次眞的是還借車的人情。」

不一會兒，再次傳來關門聲，但我仍然無法移動。溫熱的汗水滑下背脊。

我理解了狀況：香苗爲了吉永，捲入麻煩了。

原本應該是吉永受人委託，要丟掉背包裡的那些皮包，他卻塞給香苗處理嗎？

「沒問題的。外子對我是百依百順。」

在這種節骨眼，不知爲何，我想到的卻是史子沒發現我在家，對著電話另一頭的外遇對象所說的話。

那是我再也不想聽到的史子聲音。

四

我和史子透過職場介紹認識。

史子是土木課女主任的高中學妹，以前在東京上班，但最近回故鄉來了——主任如此介紹史子。當時我三十四歲，我們以半相親的形式認識。史子小我兩歲，三十二歲。

見面幾次，一起吃飯看電影，然後開始交往。史子主動要求以結婚爲前題交往。

「最主要的理由是，你看起來個性很好。」

怎麼會想要和我結婚？

婚後沒有多久，晚飯喝了小酒，我仗著酒意問，得到這樣的答案。

「我覺得像你這樣的人，應該會包容我這樣的女人吧。」

「我這樣的女人」——一開始和史子生活，我就瞭解這句話是什麼意思了。

史子是個無法自律的人。

交給她當生活費的薪水，不曉得都花到哪裡，月底幾乎連一毛都不剩。

住處總是亂七八糟，積滿灰塵，但史子辯說這是因爲宿舍太小。

她說只要蓋自己的房子，物品就能各安其位，她也會確實打掃，不停訴說她對透天厝的嚮往，卻完全不肯存錢。她主張只做兩人份的飯菜不划算，晚飯總是買外面的熟食，或吃即食料理包。

結婚隔年懷了香苗，婦產科醫生多次指導最好是吃自己煮的食物，調味要清淡，然而史子完全不聽，被診斷爲高血壓造成的妊娠毒血症而住院。被醫生警告很可能早產的香苗，以二五六〇公克的體重平安出生時，我打從心底鬆了一口氣。

我天眞期待香苗出生，史子也會有改變。

對我來說，這是年過三十五才得到的女兒，又小又孱弱，是個只會哭和笑、純粹得令人疼愛的存在。只要爲了香苗，我可以毫不猶豫送上我這條命。不管做出任何犧牲，我都想保護好她。

然而，史子對香苗的愛情與我不同。

「當然，我重視香苗，也覺得香苗很可愛。也知道爲了這孩子，有些事情非做不可。可是一想到要做，就是會覺得麻煩啊。」

香苗出生，史子依然不打掃住家。有一次香苗被史子掉在地上的髮夾弄傷口腔，此後我每天下班回家，便整理住處，用吸塵器吸地板。香苗滿一歲後，三餐也是我親手爲她準備。

見到像這樣默默做著該做的事的我，史子似乎感到很礙眼。

「每次看到你做家事，我就覺得你在怪我。」

有時她會像這樣表達她的不悅，讓我無所適從。

或許我應該多體諒一下史子的心情。但當時除了上班，還要打理家務，我實在精疲力竭。坦白說，我對史子漠不關心。

我爲家人付出這麼多，這樣的自傲讓我變得心眼狹小。

我完全不認爲自己在做的事是錯的。

我沒有發現，我愈是努力，史子就愈責怪做不好的自己。

我也沒有發現她爲了逃避壓力，沉迷在小鋼珠裡。香苗去學校，以及週末我照顧香苗的時候，史子就像著了魔似地，在小鋼珠店泡上一整天。

史子告訴我她欠高利貸一屁股債，以及在小鋼珠店和小她一輪的男人搞外遇時，我才發現這個家已經破碎到不可能修補的地步。

爲了香苗，我無論如何都想避免離婚。欠高利貸的錢，我把香苗的學費保險解約還清。但史子拒絕和外遇對象分手。她甚至謊稱懷孕，選擇離家和那個人在一起。

拋家棄子、不斷外遇的母親，和無力回天的父親。

生長在這個功能不全的家庭，香苗變成一個完全不需要操心的孩子，獨立得令人驚訝。她從來不會和朋友吵架，不曾在學校挨罵，小學三年級時給她的兒童房，總是整理得乾乾淨淨。進入高年級，她已經會折衣服、幫忙煮飯。沒有叛逆期，還會關心上班還要做家事而勞累的我，也不曾責怪史子。

在小孩子應該受到保護的家庭裡，我們夫妻並不能讓女兒撒嬌依靠。我們傷害了香苗，讓她變得衰弱，把她關在那狹窄的房間裡。

我坐在停在投幣式停車場的小廂型車，回想著過去種種，確信我該做的事只有一件。不能再讓香苗受到任何傷害。我要保護她到底。

這是我身爲父親非做不可的事。

發動引擎，開出停車場，我再次前往公所。

在明天去兜風前，有件事我非確定不可。

我對警衛說想起還有工作沒有處理好，走上水道課所在的三樓。已經過了晚上八點，沒有職員留下來加班。

我只開了自己的辦公桌上方的燈，啓動電腦。水道課的職員都有權限閱覽水壩管理局的檔案。輸入密碼，等待網路連上。

很快地，桌面出現命名爲「水壩管理」的幾個檔案。點擊其中的「活動預定」檔案，從依年度排列的Excel檔裡面，從最近的依序打開。

以學校爲單位參觀水壩的申請，小學很常見，但高中就很少了。今年的年度預定也是，裡面沒有高中的水壩參觀活動。往前回溯，我發現只有一所學校，某工業高中的一年級生在校外學習中參觀過水壩。

我更仔細查看幾年前的資料，但來參觀水壩的高中，就只有那所工業高中。

再次確認參觀的年度，將檔案全部關閉。

操作滑鼠的指頭在發抖。

爲什麼香苗會被吉永強迫收下那些背包裡的皮包？

如果理由就如同我推測，那麼身爲父親，實在是無法承受。

但如果真的就像我想的，該怎麼做，對香苗才是最好的？

我懷著紛亂的思緒，關掉電腦電源。手貼在桌面，撐住身體起身。等待眩暈平復，走出辦公室。就像用鞋底確定堅硬的地板觸感，步步慢吞吞地經過走廊。只有逃生燈昏暗亮著的漫長走廊，就宛如通往水壩的山間隧道。閉上眼睛，深深吐氣。再也沒有半分迷惘。

我踩著堅定的步伐，爲了回到香苗在等我的家，走向出口。

五

雨刷忙碌地拂去擋風玻璃的水滴。

昨天的天氣預報說週六到傍晚都是陰天，然而從家裡出發約三十分鐘，就下起豆大雨珠。

「山裡天氣預報都不準呢。」

我對副駕駛座的香苗說。香苗不停拉扯衣擺，似乎很介意被安全帶夾到的開襟衫。另一隻手握著藍色雨傘的握把。

「開上山路前，天空也還滿亮的說。看這樣子，便當只能在車子裡吃了。」

香苗喃喃道，從內側用指頭畫著沿副駕駛座車窗流下的雨滴。空調出風口下方的液晶螢幕顯示時間十點四十分。我們預定在中午前抵達水壩，估計好時間從家裡出發。

今早我準備了飯糰和煎蛋等裝進保鮮盒，做成簡單的便當，放進保冷袋裡擱在後車廂。不知道什麼時候放進去的，車廂深處塞著那個黑色背包，但我假裝沒發現。

「嗳，有時候會突然放晴，到了再說吧。」

我盡可能明朗地說，把雨刷的速度調快一級。一停止交談，車子裡便充斥著敲擊車頂的雨聲。標高五百公尺，這座山的山路，在針葉林裡蜿蜒蛇行。開進短隧道，車子裡便一下子被橘色的燈光圍繞，導航的顯示變暗了。

「讓人想起上次來的時候呢。」

香苗面對橘色燈光流過的隧道牆壁說。

「那時候是晚上，爸不怎麼說話，我覺得很害怕。」

穿出隧道，立刻就是一個陡急的彎道。在隧道裡，我不知不覺加快車速。我邊踩煞車邊轉方向盤，路面潮濕，讓我心裡一涼，但幸好車子沒有打滑，順利過彎。後車廂的東西可能是因爲離心力而移位，後方傳來沉沉的「咚」一聲。香苗一驚，回頭看後面。

「不好意思，便當被甩出去了嗎？」

我壓抑著聲音道歉說，避免表現出感情。

「甩一下沒關係吧。啊，可是飯糰要是散開就糟了。」

香苗的語速匆促得不自然，頻頻偷瞄後照鏡，顯然很在意後方。

週五早上查看，背包裡裝的只有手提包，不可能會製造出剛才那樣的聲音。那麼一定是香苗放了什麼重物，好讓背包能確實沉入水壩底部。

「啊，幾年沒來了？最後一次來，是我十六歲的時候嘛。」

香苗假惺惺地伸著懶腰，改變話題。

「那時候我不是沒辦法走出家門嗎？爸突然說要去水壩，我居然乖乖跟著來。」

香苗說得事不關己，我覺得有點好笑。

「因爲爸一副心事重重的樣子，我覺得非跟你去不可。萬一讓爸一個人去的話……」

香苗難以啓齒地打住了話，聲音有些沙啞地接著說：

「爸可能會死掉。」

不知不覺，我緊緊握住方向盤。香苗的話完全說中我的心思。

那個時候，我在前往水壩的路上，不停自問：我是不是也應該一起死？

因爲史子被我害死了……

追憶的彼方傳來水聲。

細微的、濺起水花的聲響。

靜靜散發出泡沫，緩緩沉入水底。

朦朧發光的水面漸漸遠離了。

隨著沉入深淵，圍繞四周的水變得愈來愈冰冷，幾乎刺骨。

不可能聽到的聲音——

不可能看到的景色——

不可能感受的溫度，幾乎要把我拖入。

「爸，前面！」

香苗的叫聲讓我驚覺回神。

定睛一看，車子大大地朝右方超越了中線。

幸好沒有對向來車。我急忙轉動方向盤，讓車子回到左車線。

「爸沒事吧？是不是打瞌睡了？」

香苗露出僵硬的笑容，戳了戳駕駛座的座椅。

「沒事，抱歉。因爲下雨，看不太清楚前面。」

我笨拙地擠出笑容，重新握好方向盤。輕踩煞車，讓車子減速。膝蓋微微顫抖。

朝香苗那裡偷瞄，她正不停摩擦雙手，就像是摸到某種不該碰的東西，想把它搓掉。

那種宛如孩童的動作，讓我一陣揪心。

史子已經不在人世這件事，我還沒有告訴香苗。

六

史子離家過三年半的冬天，已經離婚的她連絡了我。她來要錢的。

「我跟他已經分了。他用我的名義借了一大筆錢，就這樣跑了。」電話另一頭的史子，聲音沙啞得像酒嗓。我答應匯五萬到她說的戶頭，要她保證絕不再連絡。

香苗關在房間裡不出來，我該如何與她相處才好？萬一她無法繼續升學怎麼辦？我爲此煩惱，沒有餘力關心別的事。

史子聽從我的要求，沒有再連絡。

兩週後，我接到警察的電話，前往鄰町的醫院。

警察說史子跳樓自殺。她全身裹滿繃帶，連皮膚都看不見，頭部也失去原本輪廓。她沒有恢復意識，當天就過世了。

史子父母雙亡，唯一的親人叔叔替她辦了後事。守靈和葬禮我都沒有參加，但後來史子的叔叔把她的牌位給了我，叫我一定要收下。

史子好像多次找她叔叔借錢。她的骨灰放進父母墓裡，但她的娘家已經沒有人，叔叔的妻子拒絕收下她的牌位。叔叔不願意再繼續爲了自己的親戚給家人添麻煩，只能聽從妻子的話。

收下史子牌位的那天晚上。

到底該不該把母親的死訊告訴關在房裡不出來的香苗，讓我舉棋不定。

我在沒有明確答案的情況下，敲了女兒的房門。

敲了幾下，總算開門露臉的香苗，那雙失去感情的眼睛，讓人聯想到陰暗冰冷的水底。

「——香苗，要不要現在跟爸一起去看水壩？」

不知不覺間，這話脫口而出。

「啊，我記得這標誌。」

香苗指著彎道前方的黃色三角立牌。上面畫著熊的黑影，提醒駕駛人注意突然衝出來的動物。

「這座山眞的有熊喔？」

「比起山上，山腳好像更常出沒。現在這季節，田裡的玉蜀黍會被吃掉，公所也常接到受害的通報。」

隨著靠近水壩，香苗的話變多了。

「如果天氣晴朗，這一帶已經可以看到水壩邊緣了。」

雨還是一樣下個不停，山的輪廓就像被霧氣籠罩，煙雨濛濛。

「看這樣子，便當果然只能在車子裡吃了。」

香苗遺憾地說，望向窗外流過的景色。距離目的地已經沒有多遠。

通往水壩的道路，平時以鐵柵門封閉起來。

我停下車子，小跑步前往鐵柵門打開掛鎖。把門推開可容一輛車通行的寬度，再次跑回駕駛座，拉起手煞車，踩下油門。

「反正應該不會有人來，回去的時候再關上就好了。」

我回看開啓的柵門，自言自語。香苗默默點頭。

鐵柵門內是沒有鋪柏油的碎石路。

雨滴敲打車頂的聲音、雨刷橡皮刮過玻璃的聲音、輪胎壓過碎石的刺耳聲音。只有這些聲音在寂靜的車內作響。

路變得比先前更窄，林蔭變濃了。明明是大白天，卻暗得宛如黑夜。

很快地，視野一口氣開闊起來，眼前是整片灰色的水壩湖面。

被混凝土阻擋而成的巨大半圓人造湖。

車子慢慢開下通往截水牆的路。香苗握緊膝上的拳頭，筆直看著前方。

我把車停在登上堰堤的金屬階梯前車位。

香苗吁一口氣，好像放下心。然後她抬頭轉向我，筆直注視著我開口：

「爸，其實你知道我爲什麼會想來水壩吧？」

這突如其來的問題，讓我答不出話來，香苗打開副駕駛座的車門。

她打開藍色雨傘，走出下雨的車外，背對著我，在不停落下的水滴裡佇立不動，就像在承受著什麼。

「我也知道。我看到了。」

香苗頭也不回地說。

「那個晚上，爸把媽的牌位丟進水壩裡對吧？」

聲音細微得幾乎要被雨聲蓋過。

「我一直假裝不知道。所以希望爸也假裝不知道今天的事。」

我下了車，打開後車廂。抓起肩包搭到肩上，走到香苗旁邊，斬釘截鐵告訴她：

「我做不到。」

雨傘傾斜，香苗轉向我。眼眶濕了，嘴唇蒼白。

「妳不用一個人承受。如果妳遇到困難，爸會幫妳。」

我已經這麼決定了。要用我這雙手保護香苗。

我用力抓住香苗的肩膀，筆直看著她的眼睛：

「妳跟吉永發生了什麼事嗎？」

我懷著撕心裂肺的痛，向她確定這件事。

香苗微微點頭：

「只有一次而已，我們去了旅館。是我約他的。」

什麼都還來不及想，手已經揮起來摑了她一記耳光。

「那孩子還未成年吧！**妳都已經三十了，連這點分寸都不懂嗎！**」

和比自己小一輪的男人外遇的史子。一想到香苗流著跟她母親一樣的血，一股分不出是悲傷還是心死的冰冷情感就彷彿直往心底沉去。

昨天我調查來參觀水壩的高中生是一年級，年度是去年。如果吉永在當時是高一，那麼他就是高中輟學未滿十八歲的少年。儘管早已猜到八成是這麼回事，卻依然教人難以接受。

雨傘輕飄飄落到地面。額頭貼著潮濕的瀏海仰望著我的香苗，眼眶含淚，臉頰赤紅。就和小時候強忍著不哭出來的表情一模一樣。

十三歲開始，香苗一個人在房間裡關了將近十五年。

她在不久前剛出社會而已。還是個孩子。

是個無法分辨什麼事可以做、什麼事不能做的孩子。

「吉永威脅妳嗎？」

香苗哭皺了一張臉，點了點頭。

「他說要是我們去旅館的事曝光，我會被抓，所以——」

我用力抱住香苗冰冷的身體。

「已經沒事了。妳什麼都不用擔心。」

放開香苗的身體，我提著背包爬上金屬梯。裡面應該裝了石頭，背帶勒住手掌，重到手肘都快彎不動。

這麼重的話，應該會直沉水壩底吧。

走到截水牆的中間左右，注視著湖面。

無數的雨滴畫出無數的小圓，宛如巨大生物的鱗片蠕動著。

我在肩膀使勁，盡可能遠遠地拋出背包。

在雨聲的掩蓋下，水聲模糊難辨。黑色背包生出許多泡沫，一眨眼便沉入混濁的水面。

我閉上眼睛，屏住呼吸，想像陰冷的水底。

對我來說，重要的事物只有一樣。

只有一樣。

回頭望去撐著鮮豔藍色雨傘，我的寶貝女兒，正不安地看著我。

今年我就六十五了。不知道還能陪伴她幾年。即使能在屆齡後繼續工作，最長只到明年春天。

但往後我還是會繼續保護香苗吧。

爲了保護香苗，要我拋棄任何事物，都在所不惜。

無可取代的你

一

「點火之後，是不是盡量不要移動木炭比較好？」

我知道丈夫的背繃住了，但我還是不由得要說。

「現在有風，不用一直搧吧。」

假裝沒聽見嗎？丈夫蒼白的手浮現青筋，搖動扇子。木炭暫時變紅，卻沒看見火苗。剛才就一直把木炭挪來挪去，搞得生起的火又滅了。丈夫說不用火種，所以沒買。

「只會在旁邊看，火也不會自己生起來。」

丈夫瞪著爐子，低聲嘟噥。

「妳會害我分心啦。只出一張嘴的話，走開好嗎？」

丈夫不耐煩地揮起扇子，可能是沾到火星了，扇面燒出好幾顆黑色小洞。海潮香裡摻進了一陣紙燒焦的氣味。

我嘆了一口氣，轉向海邊。

可以當天來回享受烤肉活動的自助露營區，就位在緊臨海岸、零星生了幾棵松樹的廣場。晴紀拚命按住沙灘上的遮陽帳篷，免得被海風吹走。明明拿東西壓住就好，他都已經五年級了，連這點腦袋都沒有嗎？這種做事不得要領的地方，以前還覺得可愛，現在讓人有些擔心。

「那我去拿肉，生火交給你了。」

沒聽到回應。我背對丈夫，先走向抓住支柱、手忙腳亂的晴紀那裡。我幫晴紀脫下揹在身上的背袋，丟進帳篷裡，走往每棵松樹底下各分配了一台車位的停車格。

這是盂蘭盆節結束後的第一個週一。也許因爲是平日，或是烏雲罩頂的天氣，加上我們家的車，整個露營區也只停了三輛車子。在居家賣場工作的丈夫很難在週末排休，晴紀從明天開始要參加棒球隊集訓，所以整個暑假，全家人可以一起出遊的日子就只有今天。

東西早已放到後車座的門旁，以便隨時可以拿出來。我肩上搭著放蔬菜和肉類的保冷袋，手提著裝飲料的冰桶。我已經趁昨天把蔬菜切成容易烤熟的大小，用竹籤串好，肉也醃起來了。丈夫要喝的啤酒冰好了，回程我打算自己開車。

望向海邊，暗色的海面上，幾道白色波浪前仆後繼。晴紀穿了泳褲來，但看這天氣，或許沒辦法下水游泳。

我在離爐火稍遠處放下物品。丈夫還在搧木炭。襯衫袖子一路捲到肩膀，露出上臂的舊傷疤來。每次看到那形如蚯蚓的紅色疤痕，我就感到無地自容。無事可做的晴紀待在丈夫旁邊，被煙薰得瞇起眼睛。

「準備好前，去玩海水吧。不可以跑到水太深的地方去喔。」

我拍晴紀的肩膀催促，他不甚起勁地點了點頭，慢慢地走向海邊。我從口袋裡掏出手機，客氣地對丈夫說：

「這裡有用木炭生火的方法。」

我點出畫面，輕輕遞過去。可能是螢幕反光看不清楚，丈夫皺起眉頭，接過手機。

「妳什麼時候買了這種書？」

「跟晴紀朋友的媽媽借的。她先生好像喜歡戶外活動。」

爲了今天，我向據說常去露營的晴紀同學母親借了戶外活動雜誌，把初學者教學的幾頁用手機拍下來。

「木炭好像要放直的，中間塞進揉成一團的報紙。」

丈夫臭著臉轉過來。因爲駝背，看起來下巴突出，身高只比我高一些，卻讓人很有壓迫感。

「妳該不會像之前那樣，偷拍書店裡的書吧？那是偷竊行爲。」

剛和丈夫交往不久，還不到二十歲的我不知道這是不對的行爲，想用手機拍攝料理雜誌的食譜頁，被當時也在場的他制止了，但後來都過了十年，他還是會三不五時拿這件事酸我。

「不是啦。我去拿報紙，你可以排一下木炭嗎？」

爲了避免演變成爭吵，我沒和他認眞，以明朗的口吻拜託。然而丈夫闔上手機，塞還給我：

「這種東西看了也沒用。木炭受潮了，要先弄乾才行。」

丈夫像歇斯底里發作，激烈地用扇子擊打爐子，搧了起來。白煙滾滾升起，眼眶一陣刺激。

「好吧。那火生起來以前，我去顧晴紀。」

我強忍想要反駁的衝動，離開丈夫身邊。晴紀站在海邊，只有腳踝浸在海水裡，呆呆站著。他厭煩地按住被風掀起的襯衫衣襬，一臉疲倦地瞪著海面。

「爸在搞什麼啊？我肚子都餓了。」

他一看到我便噘起嘴巴說，直接表達他的不高興。

「木炭很難生火啦。好像有點受潮了。」

「丸山買的對吧？爛死了。」

丸山是丈夫任職的居家賣場。以關東近郊爲中心，有二十家門市，認識的時候，丈夫是室內賣場的主任。我從故鄉的高中畢業，被同一家門市錄取爲日用品區打工人員。

當時我正和高中學長坂本交往。但有一次，顧客訂購的商品在後場混進其他商品裡面，丈夫幫我找出來，此後我們的距離便拉近了。打工人員私下都說，丈夫是同期員工裡面最早升主任的，而且在丸山裡面，擁有難得一見的國立大學學歷。他比我大七歲，性情沉穩，我覺得可以依賴。我有煩惱都會找他商量，後來和坂本分手，開始和他交往。半年後我懷孕了，兩人結婚。

丈夫父母早逝，也沒有兄弟姊妹。我也是類似家庭環境，所以沒有人反對我們過於倉促的結婚，成了夫妻。

後來十年過去，後年晴紀就要上國中了。一家三口共度的時光會愈來愈少。隨著成長，伙食費、補習費等等，開銷愈來愈多，生活過得頗爲拮据，但我想讓晴紀留下許多快樂的回憶。

只要是父母，都會如此希望。我重新確認自己的心情，回頭看丈夫。

所以他非死不可。

二

我似乎生來就是個沒什麼感情起伏的人，從來不曾對別人萌生非除之而後快不可的憎恨。

他非死不可的理由，單純就是爲了錢。下個月前，我需要數百萬圓的現金。存款已經見底。除了丈夫的保險金，別無指望。

事情的開端，是去年和親師會一起擔任幹部的母親們某次談話。我們開會後總是接著聯誼，每個月兩次左右，一邊用午餐，一邊談論孩子和學校的話題。次數漸多，不知不覺開始談起更私人的話題，我也坦承了不知道該如何籌措教育資金的煩惱。

丸山從幾年前就以業績不振為由，進行管理職減薪，升為銷售課長的丈夫因為少了加班費，薪水比以前當主任更少。剛結婚時懷抱的買房夢想早已破滅，現在連能否確保晴紀大學畢業前的學費，都令人不安。雖然也有其他母親附和「我們家也是」，但看看她穿的衣服，就知道沒有我們家這麼捉襟見肘。

「妳知道外匯嗎？外子最近靠操作外匯，賺了不少錢喔。」

擁有自己的房子、讓孩子補習許多科目和才藝的副會長提到了陌生的詞彙。細問之下，她說這種投資交易，是拿放在證券公司的錢擔保，買賣超過存款金額好幾倍的外幣。只需要在工作空檔透過電腦下單，幾個月就可以賺到上萬圓的利潤。

「一開始十萬、二十萬也可以。它的好處在於即使資金很少，也可以進場。這點錢應該還拿得出來吧？可以跟妳先生討論看看。」

入夜，我向丈夫提起。他說大學同學裡面也有幾個人在玩外匯。但他反對說才沒那麼好賺。

「當然也有虧損的風險。再說想要不勞而獲，這種心態根本就不對。」

每次我提出想要做的事，大抵都會被丈夫如此打回票。但我們的關係從以前就是這樣，而且丈夫和我不同，深思熟慮且懂得分寸。

剛認識丈夫，我幾乎天天遭到當時的男友坂本毆打。微薄的薪水全被他沒收，拿去買強力膠和打小鋼珠。丈夫多次勸我和坂本分手，我費盡千辛萬苦，總算成功和坂本斷絕關係。聽說後來坂本惹出傷害案，入獄服刑，現在在當地的黑幫底下做事。我一直很感謝丈夫給了我現在的平靜生活。

結婚後，我說想要在肚子變得顯眼前拍個婚紗照做紀念，但丈夫罵我說孩子就要出生了，不是亂花錢的時候。晴紀上小學，我提出想要做工時人員，丈夫也教訓我說如果兩個人都在外面工作，不僅家事顧不到，外食也會增加，反而更花錢，我覺得很有道理。丈夫的話總是對的。

所以當時我也認同丈夫世上沒有不勞而獲的好事論調，乖乖聽從。

「……那，這個月的錢匯了嗎？」

我手忙腳亂地把剛放上去的肉片翻面，小聲問道。肉片很薄，木炭火很強，一下子就會烤焦了。丸山受潮的木炭最後還是點不著，我們去露營區的小賣店又買了新的木炭和火種。

我把黏在鐵網上的油脂用夾子前端刮到木炭上，悄悄回頭看後方。晴紀早就吃完了肉，跑去躺在遮陽的帳篷裡。

「肉不會太多了嗎？」

丈夫沒理會我的問題，一臉厭煩地把一面焦黑的肉送進口中。是齒列不整嗎？丈夫就像狗吃東西那樣甩著頭，好不容易才把肉咬斷。

「他平常吃更多的。可能是天氣太熱了，沒食欲。」

等待木炭生火的期間，雲層被吹得一乾二淨，肉烤好時，艷陽高照。太陽掛在刺眼的藍天正中央，肆無忌憚大放光明。我抹著從帽子縫隙間流下來的汗，喝了口變溫的無酒精啤酒，啃著玉米，再次確定地問：

「不會有人來討債吧？」

那個時候丈夫反對炒外匯，卻瞞著我偷偷玩起來。開戶文件等都寄到他的公司地址。去年年底，丈夫才告訴我這件事。

好不容易存了近百萬圓的晴紀的教育帳戶全空了，為了還從消費者信貸公司借來的錢，丈夫向利息更高的高利貸借錢。丈夫說，必須還清的總額「大概五百萬吧，我不是很清楚」。

他說想要和大學同學互別苗頭。

丈夫在所謂的就職冰河時期尾聲從大學畢業。據說當時，四年制大學就職率下降到六成左右。

「也有些人靠著父母的門路進銀行工作，或花了一年準備，考上公職。我面試了快五十家公司都沒上，但也沒有父母可以依靠。」

丈夫國中喪父，高中畢業那一年，母親罹癌過世，他靠著父母留下的微薄遺產當學費上大學。歷經漫長艱辛的求職活動，總算拿到一家公司的內定，那就是居家賣場丸山。他告訴自己總比當個打工族強，但以前要好的同學，全都找到比自己更專業、或是更輕鬆的工作。現在領著優渥薪水的他們，讓孩子進入每個月要好幾萬圓學費的升學補習班，考私立中學。

「我覺得他們做不到的事，我一定辦得到。因為以前我們那群哥兒們裡面，我的成績最好。我讀了專門書籍，鑽研了一番，認為有辦法致富，才開始進場。我打算用賺到的錢讓晴紀接受更好的教育。」

丈夫先從教育帳戶轉了十萬圓到投資戶頭，開始操作。

第一週，十萬圓變成十二萬六千圓。丈夫把戶頭的保證金加到三十萬圓。但三天後，他忙著特賣活動準備，沒空打開電腦查看，三十萬圓竟消失得一乾二淨。丈夫猶豫是否該認賠殺出，卻把剩餘的七十萬圓全轉到投資戶頭，開始操作。他認為這是唯一可以把錢賺回來的方法。

一開始的兩個月左右，獲利穩健。即使沒辦法一個月好幾萬，但他避免虧損，以一個月一兩萬圓為目標，漸漸增加戶頭裡的錢。然而進入十月，丈夫買的外幣暴跌。丈夫解釋是因為選舉、恐攻等種種因素影響，但我聽了也無法理解。什麼「追加保證金」、「強制停損」，不管聽他解釋多少遍都一頭霧水。

丈夫坦承一切，盯著自己的指頭看，露出不可思議的表情。感覺丈夫體內某個非常重要的部位破裂了。我覺得他半張的嘴巴湧出了破裂部位滲出來的體液，害怕得低頭不敢去看。

「因為妳說想要烤肉，我才犧牲難得的休假奉陪妳。」

丈夫誇張地嘆氣說，用沾滿了煤灰和肉汁的骯髒筷子頭指著我。

「難得出來烤肉，可以不要講錢的事嗎？沒問題的，我會處理。我已經跟對方說好了，叫他們不要再像上次那樣打電話到家裡來。」

丈夫連珠炮似說，像晴紀會做的那樣噘起嘴唇，以散發著醉意的紅眼睛瞪我。只要一覺得不爽就立刻發飆，而且毫不掩飾這種幼稚的心性。以前的丈夫不是這樣的。

「對不起。那通電話眞的嚇到我了，好像害我變得有點神經質了。」

「雖然不多，可是店裡還是發獎金了不是嗎？拿獎金去付這個月的錢就行了。」

因爲我立刻道歉，丈夫的口氣稍微放軟。但下個月已經沒有著落。只要遲繳一次，下次要繳的金額就會翻倍。再遲繳一次，就必須一口氣還清借款的全額。三個月前，因爲丈夫的疏忽而遲繳一次，結果每個月要繳的錢增加到四十萬圓。我們夫妻倆的收入加起來都不夠。

「這個月沒問題的。」

丈夫捏扁空掉的啤酒罐喃喃道。瞇起的那雙眼睛彷彿什麼都沒看見。

突然間，手機震動了。看到上面顯示的傳訊人，我咬住下唇。

我聲音僵硬地說「我去個洗手間」，但連自己都知道眼神正不安地游移。離開丈夫後，我手指顫抖地輸入回覆內容。

簡訊是坂本傳來的。

三

「明天早上很早就要出門對吧？」

我問副駕駛座的丈夫，卻沒有回應。本來以為他在看窗外，但聽那又深又長的呼吸聲，我知道他睡著了。

沿海的縣道是綿延的塞車長龍。晴紀在後車座一直玩手遊。也許是吹一整天的海風，身體很沉重。車子裡倦怠的寂靜，似乎讓疲勞加深。

不久前開始，丈夫在場的時候，晴紀就不太說話了。應該是青春期作祟，但我認爲晴紀會變成這樣，原因出在丈夫。

年底丈夫說出欠債的事，我和丈夫首先做的，是重新檢視生活花費。

雖然存款沒了，但我把個人年金解約，把夫妻使用的智慧型手機拿去折讓，換了電話費更便宜的傳統手機，手頭就有了一點餘裕。接下來盡量刪減伙食費和雜費，設法增加收入，欠債金額雖然大，但不是無法還清——這是我們夫妻討論的結論。

丈夫雖然不情願，但還是答應讓我出去工作。剛好附近的家庭餐廳在徵工時人員，因此我排了晴紀上學時間的班，年後就開始上班。

從那個時候開始，丈夫變了。

就像丈夫以前說的，開始出去上班，實在沒工夫顧及家事。採買和下廚的時間也受限，沒辦法像過去那樣做些複雜的菜色。雖然我避免買外面的熟食，但丈夫爲了菜色減少，在晴紀面前口氣粗魯地責備我：

「在髒亂成這樣的家裡，端這種偷懶的東西給我吃，叫我怎麼忍得下去！」

丈夫痛恨不正確的事，經常糾正我，但從來不會大小聲。晴紀默默注視拿筷子拍桌的丈夫，眼中有的不是害怕，而是嫌惡。

銷售業難得週末休假，因此和一般上班族家庭比起來，丈夫和晴紀相處的時間應該更少，但父子關係並不淡薄。每逢暑假和寒假，父子倆經常一起出門去釣魚或是看棒球賽。星期天也是，如果上晚班，丈夫就會在集合住宅前面的公園陪晴紀玩拋接球，再去上班。晴紀上小學，第一次參加棒球賽時，丈夫用調查對手商家爲藉口，溜出職場，只看了晴紀的打擊後，再匆匆回去上班。

現在對丈夫來說，晴紀肯定依然是他的寶貝兒子。不管心情再怎麼差，丈夫絕對不會遷怒到晴紀身上。尺寸變小的棒球用品和制服也是，只要爲了晴紀，他都毫不手軟地買新的給他。

那個時候的丈夫，應該只是被再怎麼還都不見減少的欠債給搞得身心俱疲。因爲是自己簽的約，所以丈夫不斷支付著高出法定利率的利息。我因爲瞭解丈夫有多苦，所以不管他說什麼，都忍氣吞聲。

但晴紀無法接受父親對母親怒吼。他年紀還小，所以沒辦法挺身頂撞丈夫保護我，但他把自己的心封閉起來了。丈夫叫他，他會應聲，卻再也不對丈夫露出笑容。

花了一個小時才擺脫塞車，回到集合住宅時，天已經快黑。晴紀拿了自己的行李就要上樓，丈夫叫住他：

「我要把車子擦乾淨，你也來幫忙。」

晴紀露骨地一臉不耐：

「一定要現在嗎？」

「你看擋風玻璃，都被松脂沾得黏答答了。都是把車停在松樹底下，才會搞成這樣。」

丈夫指著車身前方散布的白點，指揮晴紀擰濕抹布過來。他從車廂取出抹布遞過去。

「明明就是爸自己停在那裡的。」

我搖頭制止晴紀的埋怨，用眼神懇求他照著父親的話做。

「啊，都硬掉了。怎麼會不知道車子不能停在松樹底下？」

晴紀用樓梯旁邊的水龍頭打濕抹布，遞給父親，丈夫用幾乎晃動整臺車的力道開始擦拭污垢。

他用抱住引擎蓋般的姿勢，雙腳踏緊地面，睜大雙眼，瞪著松脂污垢另一頭的某個影子。他媽的、王八蛋——咬緊牙關的齒縫間，擠出模糊的咒罵聲。

晴紀面無表情看著，我催促他先回家。我懷著窒息般的心情呆站在原地，注視著丈夫拱起的單薄背部。在紅通通融化的向晚天空底下，丈夫化成一條黑影，就那樣一直貼在那裡。

是兒子對父親的失望，把丈夫逼成了這樣嗎？

我回想起兩個月前的夜晚。

丈夫開始遷怒於外出工作的我，過了快半年。金融公司的人打電話到家裡。是個年輕女人。她用一種大舌頭卻又高高在上的口氣通告這個月的錢還沒有收到。我立刻打到正在上班的丈夫手機，丈夫以莫名拖泥帶水的語氣說：「我忘記了。等下會去匯錢。」

「我睡不著，去醫院拿藥了。量還在調整，吃到太強的藥，有時候隔天也睏得要命，腦袋昏昏沉沉。」

那天晚上，丈夫拿出印有身心科診所名稱的藥袋，如此坦承。

「為什麼不告訴我？」

我的口氣忍不住變得像在責備。為了錢，他居然擔心到睡不著嗎？我這麼問，丈夫就彷彿遭到重擊，緊緊閉上眼睛，嘴唇抿成一字型，臉頰細微抽搐。我一時沒發現他是在強忍嗚咽。

「抱歉。」丈夫咬著牙說，把一個白色大信封袋放到桌上。上面印刷著陌生的公司名稱，正中央異樣地厚實鼓起。

「裡面有檢查工具組。」

丈夫濕潤的黑眼筆直盯著我。

「我要驗晴紀的DNA，確定他是不是我的親骨肉。」

四

晴紀的臉蛋，從嬰兒時期就和我長得維妙維肖。說到像丈夫的地方，就只有輪廓纖細的下巴吧。上小學以前檢查牙齒的時候，醫生說這樣下去，可能無法容納換牙後的恆齒。而晴紀也如同牙醫說的，變成了虎牙，丈夫爲了他，每天都在他刷完牙後再仔細替他刷一遍。

「虎牙容易蛀掉，小時候我媽也都像這樣幫我刷牙。我活到這歲數，一次都沒有看過牙醫。」

丈夫讓晴紀把頭枕在自己盤起的腿上，說著「你像到你爸，將來要吃苦呀」，一臉開心。

得知懷了晴紀的時候，我無法確定是丈夫的還是坂本的種。當時我和坂本已經分手了，才剛開始和丈夫交往。

我完全沒有想過要墮胎。

我自己是在百貨公司廁所被生下來，就這樣被丟掉的棄嬰。

雖然不清楚是不是事實，但孤兒院陰險的指導員都這樣告訴我。

在產院看到的超音波檢查畫面上，只有一個灰色扭曲的橢圓形。正中央隱約有個閃爍的白影，醫生告訴我那是胎兒的心臟。

坦白說，我沒有任何寶貴、可愛的感受。

我只是覺得只要生下來，這孩子就是和我血緣相繫的家人，這個想法攫住了我的心。直到這時，我才第一次得知自己渴望什麼。

丈夫和坂本的血型一樣。我煩惱極了，最後告訴丈夫懷孕的消息。丈夫摟住我的肩膀，說「沒事的，什麼都不用擔心」，不知為何，表情就像鬆一口氣。

晴紀出生後，我為了自己的心竟會如此為了一個人而波動，感到驚奇不已。

被小小的手抓住手指時，起伏躁動的心情。

晴紀以稚嫩的聲音哭起來時，被勒住般的焦急和恐懼。

不管怎麼做都哭個不停的晴紀，讓我想要大叫：你到底想怎樣！然而下一瞬間，只是四目相照，他便隆起圓潤的臉頰，用令人耳朵發癢的聲音笑起來。

半夜，我一邊餵奶，聞著晴紀香甜的氣味，湧出萬一這孩子死掉該怎麼辦的念頭，淚流不止。

然後……

看到以笨拙的動作抱起晴紀，一臉滿足的丈夫時，烈火般的罪惡感貫穿了我。

愚昧的是，我在養育晴紀的過程中，總算自覺到自己對丈夫做的事有多殘酷。

事到如今，我不可能坦承。我叫自己相信，晴紀一定就是丈夫的孩子。

這是最起碼的贖罪，我把自己擺在最後，自認為全心全意為這個家奉獻。但我覺得說穿了，這只不過是無論如何都要守住這份幸福的執著。

所以我連絡了坂本。

丈夫把那只白色大信封交給我這件事，成了契機。

「明天我應該可以在約好的時間到。」

彷彿烙印在心上，我一再想起中午收到的簡短訊息。

明天早上，丈夫很早就要出門，晚飯也沒喝什麼酒，就上床睡了。晴紀的房間電燈也已經熄了。丈夫一直擦車擦到天黑，所以匆匆忙忙用完晚飯，洗好烤肉用具和餐具時，都已經晚上九點多了。我泡在已經不熱的洗澡水裡，盤算著明天行事的步驟。

自從上個月相隔十年連絡以來，這是我第二次要去見坂本。

「妳居然會主動說要見我，我是不是要挨刀啦？」

出現在指定的郊外咖啡廳的坂本說道，露出尖銳的牙齒笑。雖然比十年前胖了一些，但細小飛揚的眼睛，以及露出虎牙的討喜笑容依舊沒變。

我想殺掉外子，幫我。我開門見山地說，聽到這話，就連坂本似乎也忍不住嚇了一大跳。「少唬我啦！」他想要一笑置之。

「我會付錢，也不會引起警方懷疑。我打算布置成自殺。我先生欠了一屁股債，而且在看心理醫生。他死了，我可以拿到保險金，我會從裡面拿出謝酬給你。」

我亮出帶來的丈夫保單，坂本嚴肅起來。我從當地朋友那裡打聽到坂本被交付經營的餐廳生意失敗，被黑幫討債。

我把具體的殺人計畫告訴坂本。決定要這麼做的時候，我便去圖書館上網查詢要如何把殺人布置成自殺，並縝密擬定計畫。坂本在身前微微交抱手臂，舔著薄唇，瞇起的眼睛漸漸亮了起來。

「可是妳跟那傢伙一起生活了十年吧？妳對他就沒有一點感情嗎？萬一事到臨頭才喊停說什麼下不了手，對彼此都麻煩啊。」

我保證絕對不會。

「我覺得與其再這樣下去，這麼做對外子來說也比較幸福。我和兒子也能重獲生機，這是爲了我們一家子好。」

我如此深信不疑。

坂本露出難以置信的表情，但掩飾似地笑道「那就好」，站了起來。他的笑容扭曲，就像在虛張聲勢。

後來我們互傳了幾次訊息，決定日期時間和地點。丈夫明天要去鄰町的配送中心盤點，而前往鄰町的道路，位於行車很少的山間。我預定和丈夫同車前往，和坂本在進入山中更深處的林道會合。必要的工具也買好了。

我在浴缸裡用曬黑的雙臂抱住膝蓋。水已經整個涼掉，但曬紅的皮膚還是陣陣刺痛。我慢慢吐氣，仰望稀疏殘留水滴的天花板。

已經無法回頭了。我這麼告訴自己。

即使能夠回頭，我只會茫然無措，不知道該回到哪裡才好。

五

隔天早上，丈夫沒有刮鬍子。

不知道是忘了刮，還是決定不刮而沒刮。他右手扶著方向盤，左手不停地撫摸冒出薄薄一層鬍子的下巴，兩眼惺忪地看著前方。

晴紀要參加棒球隊集訓，七點前就和來接他的朋友出門了。我們緊接著離開家門。雖然還不到八點，但刺穿擋風玻璃的夏季艷陽一點一滴提高車內溫度。我正要伸手調低空調溫度，這時丈夫忽然開口：

「妳要買什麼？」

穿過山路的國道路口，有鄰町新開的購物中心的接駁車站牌。我要丈夫載我去那裡。

「喔，買晴紀的衣服跟一些東西。」

舌頭好像黏在嘴巴裡面，難以動彈。「是喔。」丈夫沒什麼興趣地說，改用左手顧方向盤，右手伸向飲料架的咖啡罐。我用眼角餘光看著他的動作，回想起和坂本討論好的步驟。

醫生現在開給丈夫的安眠藥是短效型的，主要開給有入眠障礙的病患。不像以前的藥那樣，睡意會一直持續到隔天，但藥效很快，服用後，十五到三十分鐘就會開始睏了。把藥摻進飲料裡面讓人睡著，接著加以殺害，再布置成自殺。手法很單純。

車子已經在左右蜿蜒的山路上行駛快十分鐘。可能是離上班時間還早，來到這裡的路上，只看到幾輛車子。樹木漸漸濃密起來後，涼意稍微增加一些。即使關著車窗，也能依稀聽見蟬鳴。丈夫用襯衫袖子抹著眼睛。看起來像在哭。

就這樣繼續前進了一陣子，來到隧道前方路幅變寬的地方，丈夫把車停在路肩，要我換手開，我照做了。如同計畫。

穿出隧道行駛了約五百公尺，右邊是通往細小林道的入口。我已經預先勘察過好幾次了，因此沒有錯過那小小的黃色路標。周圍沒有車輛，我出於習慣，打了方向燈右轉。接下來就是沒有鋪裝的泥巴小徑。我一面留意副駕駛座丈夫的狀況，慢慢地往前進。

林道的盡頭，是用來存放原木的廣場。這裡就是和坂本會合的地點。我下了車，戴上工作手套，把後車廂的烤肉爐搬到後車座。完成必要作業後，接下來我要做的只有等待。

離車子稍遠處，有一根粗壯的杉樹原木，我在邊緣坐下來。渾身虛軟，甚至連站著都很困難。

後方車玻璃倒映出從樹葉間灑落的閃爍陽光，我注視著那裡，想著今天以後就再也見不到的丈夫。不知爲何，腦中浮現的不是晴紀出生以後的事，全都是婚前剛認識的種種。

得知我租的地方沒有窗簾，他說年輕女生這樣太危險，送了紅底白點的窗簾給我。我只是用手比畫大概多大，丈夫挑給我的窗簾竟和公寓窗戶完全吻合。

休假剛好同一天的日子，丈夫會帶我上山兜風。在一時興起進去探險的觀光鐘乳石洞窟裡，兩人的鞋子都濕透了。我們就光腳坐在後車廂，在鞋子乾掉以前，天南地北地閒聊。

第一次來我住的公寓那晚，坂本拿出菜刀威脅如果分手就要殺了我，丈夫從他手中保護我而受了傷，手臂縫了六針。

那個時候，丈夫見到坂本了。嘴上說著晴紀的虎牙很像自己，但丈夫內心其實是怎麼想的？

一直壓抑的感情爬上喉嚨。我用顫抖的手拚命摀住嘴巴。

視野開始扭曲暈散，但我睜著眼睛，不停注視著丈夫乘坐的車子。我覺得絕對不能移開視線。

坂本開的黑色廂型車在約好的時間出現了。我覺得已經在這裡坐了好久好久，難以相信居然只過了三十分鐘。

坂本表情僵硬地下車，提心吊膽地和丈夫的車子保持距離，往這裡走來。

「我覺得再等一下比較好。」

我把沒喝的咖啡罐遞給他，在原木並排坐下來。和坂本像這樣一起待在這裡，總讓我覺得好像在作什麼荒唐的夢。

再等三十分鐘，我們繼續作業。完成一切，坐坂本的車下山。購物中心的接駁車站牌那裡，看起來很閒的主婦和老人正在排隊。我們把車停在稍遠處。來到這裡的路上，兩人都默默無語。

再見，我們只互道這句話，便分道揚鑣。

六

隔天早上，我接到警方來電。似乎是清早時刻，管理森林的技師發現的。我已經調查過，在那個地點，現在這時期一週只有一天作業日。

「服用安眠藥後，在車子裡燒炭自殺，一氧化碳中毒死亡。應該是用烤肉爐自殺的。」

這是妳先生的車牌號碼嗎——警察問，說出車牌號碼。我回想起前天在海邊七手八腳爲木炭生火的丈夫，不小心晚了好幾秒才回話。「沒有錯。」我虛弱地回答，爲了幸好是用電話通知而鬆了一口氣。萬一警察就在面前，看到表情古怪、不像悲傷的我，一定會心生疑竇。

「我要外子載我去公車站坐購物中心的接駁車，然後外子應該就去工作了，怎麼會跑去那種地方……？」

可能是因爲緊張，不用假裝，聲音抖個不停。

晴紀從集訓被叫回來，在前往認屍的警車裡面，以及抵達警察署建築物後方宛如組合屋的簡陋安置所後，都不停哇哇大哭。我已經好久沒看到他這種小時候的哭法了，不禁心痛不已，覺得自己做了殘忍的事。

想到晴紀，我慶幸不用直接看到遺體。

「一氧化碳中毒過世後，炭火好像不知怎地延燒到車子裡面了。因爲有貼住縫隙的痕跡，一般來說，火應該會因爲氧氣不足而熄滅，但可能是空調出風口開著吧。因爲燒到油箱，整輛車燒個精光，妳先生的遺體也……眞的很遺憾。」

或許自己也有年紀差不多的小孩，中年刑警萬分難受地看著晴紀，如此含糊帶過。在鋪了藍色塑膠布的台子上，呈現人形的漆黑包裹散發出讓人不想再聞到第二次的可怕氣味。

丈夫沒有看過牙醫，因此無法比對齒型，用DNA來確認身分。過了整整兩天，那名刑警特地到家裡來通知說「確定是妳先生沒錯」。

爲了債務煩惱、平日就在服用安眠藥、這一個月左右在職場也表現得鬱鬱寡歡，這些種種讓警方以自殺結案。找到遺體一週過後，順利辦完葬禮。接著開始辦理手續，一個月後，帳戶收到丈夫的保險金匯款，用這筆錢還清了債務。

在好心刑警建議下，我找律師求助，最後需要償還的金額，只有少少的一百萬圓。律師說過去已經支付的金額，可以和違法的利息相抵。即使付了律師費，手上還留下多達一千一百萬圓的錢。

原本以爲還清債務，會只剩下幾百萬圓，因此這算是一筆意外之財。我不知道該怎麼處理才好，尋思之後，不抱期待地傳訊息到坂本的手機：

「好像可以再分你多一些。」

我等了一週，但沒有回音。

這表示丈夫把坂本車子裡的手機處理掉了吧。

*

那天在進隧道前和丈夫交換開車，是因爲我才知道林道的入口。我代替工作忙碌的丈夫多次前往那裡，調查作業員何時來。

把車停在廣場，我在丈夫以膠帶封住車裡除了空調出風口以外的縫隙時，在外面等坂本。坂本喝了摻有安眠藥的罐裝咖啡睡著，我必須和丈夫合力，才能替他換上丈夫的衣物，把他搬進車裡。

等待坂本呼吸停止，把炭火挪近後車座點火。火燒到油箱爆炸的時候，伴隨著驚人巨響，冒出大量黑煙，驚心動魄，但因爲距離道路相當遠，附近沒有民家，所以無人報警。

原地看了一下車子燃燒狀況，在丈夫駕駛下，我們坐著坂本的車沿著山路下山。爲了慎重起見，我把車座上的頭髮撿起來備用，但遺體的ＤＮＡ鑑定，採了近親的晴紀ＤＮＡ來確定親子關係，因此沒有用上。

那天晚上，丈夫遞給我的白色大信封袋——

檢驗結果發現，晴紀不是丈夫的孩子。因此我想到了這個計畫。

丈夫向來總是否定我的想法，這次卻聽從我的計畫，因為已經被逼到走投無路了嗎？還是得知鑑定結果，失去繼續為一家人生活的理由？

如果丈夫做出這個決定，是因為這是對晴紀最好的方法，或許還令人感到欣慰，但我已經無法向丈夫確定了。不過那個時候，我想讓丈夫遠走高飛。我覺得如果不這麼做，丈夫就再也承受不下去了。

幸運的是，坂本正為了躲避討債，準備了假的身分證和藏身處。坂本說，這年頭網路上連假的照片身分證件都可以訂到，丈夫暫時應該會以別人的身分過日子。

丈夫離開後過半年，晴紀慢慢振作起來，繼續參加棒球隊練習。為了往後母子兩人的生活，我增加兼職工作，忙碌過著每日。現在沒有胡思亂想煩惱的工夫。

不過，有時仰望像今天這樣的晴天，我會想起烤肉那日的藍天。

在同一片天空底下，晴紀唯一的父親、無可取代的那個人，正好好過日子。

我覺得這樣就足夠了。

E FICTION 44／丈夫的骨頭

原著書名／夫の骨
作　者／矢樹純
原出版者／祥伝社
翻　譯／王華懋
責任編輯／詹凱婷
編輯總監／劉麗眞
總 經 理／陳逸瑛
榮譽社長／詹宏志
發 行 人／凃玉雲
出 版 社／獨步文化
城邦文化事業股份有限公司
104台北市中山區民生東路二段141號5樓
電話：(02) 2500-7696　傳眞：(02) 2500-1967
發　行／英屬蓋曼群島商家庭傳媒股份有限公司
城邦分公司
104 台北市中山區民生東路二段141號2樓
網址／www.cite.com.tw
讀者服務專線／(02) 2500-7718；2500-7719
服務時間／週一至週五：09：30～12：00　13：30～17：00
24小時傳眞服務／(02) 2500-1900；2500-1991
讀者服務信箱E-mail／service@readingclub.com.tw
劃撥帳號／19863813
戶名／書虫股份有限公司
香港發行所／城邦（香港）出版集團有限公司
香港灣仔駱克道193號東超商業中心1樓
電話／(852) 2508-6231　傳眞／(852) 2578-9337
E-mail／hkcite@biznetvigator.com
馬新發行所／城邦（馬新）出版集團
Cite (M) Sdn Bhd
41, Jalan Radin Anum, Bandar Baru Sri Petaling,
57000 Kuala Lumpur, Malaysia.
Tel: (603) 90578822
Fax:(603) 90576622
email:cite@cite.com.my
封面設計／高偉哲
插　畫／安品
排　版／游淑萍
印　刷／中原造像股份有限公司
●2021（民110）3月初版
售價300元
Original Japanese title: OTTO NO HONE

Original Japanese edition published by Shodensha Publishing Co., Ltd.
Traditional Chinese translation rights arranged with Shodensha Publishing Co., Ltd.
through The English Agency (Japan) Ltd. and AMANN CO., LTD., Taipe
 ISBN 978-986-5580-00-1

國家圖書館出版品預行編目資料

丈夫的骨頭 / 矢樹純著；王華懋譯. –初版.
– 台北市：獨步文化，城邦文化事業股份
有限公司出版：英屬蓋曼群島商家庭股份
有限公司傳媒城邦分公司發行，民110.03
面 ； 公分. --（E fiction ; 44）
譯自：夫の骨
ISBN 978-986-5580-00-1（平裝）

861.57　　109021881